JN082150

死体役令嬢に転生したら黒幕王子に執着されちゃいました

マチバリ

24126

角川ビーンズ文庫

Contents

メルディ・フロト
前世の記憶（事務員）を
思い出した男爵令嬢。
ゲームでは必ず冒頭で死ぬ
「死体役令嬢」
ジェイク・アドラー
第一王子にして
プリゾン学園生徒会長。
ゲームでは悪魔と契約して
世界を崩壊させる「黒幕王子」

ベイル・ジークムント

公爵家子息。留学から戻り
プリゾン学園に編入する。
ゲームでは唯一ジェイクの本性に
気付く「ジェイクの天敵」

アマリリス・ライム

ゲームの主人公であり
悪魔に狙われる
「生贄の乙女」。
メルディと寮の同室になる

贄嫁《おとめ》は悪魔と踊る。

通称『はとる。』。
貴族の子女が通うプリゾン学園を舞台としたオカルティックホラー乙女ゲーム。
メルディ・フロト男爵令嬢の惨殺で幕を開ける

死体役令嬢に転生したら黒幕王子に執着されちゃいました

Characters

本文イラスト／迂回チル

プロローグ

「私、あと一週間で死ぬ⁉」

その日、メルディ・フロトは突如《とつじょ》として前世の記憶《きおく》を取り戻《もど》した。

きっかけは、一週間後に入学を控《ひか》えた学園の制服が届いたことだ。

深緑を基調とした上品なデザイン。胸を飾《かざ》る黄金のエンブレム。

届くのをずっと楽しみにしていたメルディはいそいそと部屋に制服を飾り、うっとりと目を細めてその完璧《かんぺき》なシルエットを眺《なが》めていた。

——物語の世界に出てくる制服みたい。

そう思った瞬間《しゅんかん》、とある記憶が頭を駆《か》け巡《めぐ》った。

日本という国で生きていた、一人の女の子の記憶。

金銭的に苦労することはなかったが、忙《いそが》しい両親は放任気味。孤独《こどく》だった彼女は、本やゲームという仮想現実の世界に逃避《とうひ》して育った。

特に乙女《おとめ》ゲームと呼ばれる、男性との恋愛《れんあい》を楽しむゲームが大好きだった。

成長し社会人になってからは、大きな会社の事務員として働きながら休日はずっと家の中に籠《こ》もってゲーム三昧《ざんまい》という人生だった。

だからすぐに気が付いた。この世界がそのゲームの一つだということに。

「なんでよりにもよって『はとる。』の世界に転生するのよぉ！」

ベッドをゴロゴロと転がりながら、メルディは叫《さけ》び声を上げたのだった。

『贄嫁《おとめ》は悪魔《あくま》と踊《おど》る。』

略して『はとる。』と呼ばれるその作品は、西洋風の世界で貴族の子どもが集《つど》うプリゾン学園を舞台《ぶたい》としたオカルティックホラー乙女ゲームだ。

全年齢《ねんれい》向けでありながら、ちょっと大人な要素が盛りだくさんのウフフな内容だったりすることもあり、コアなファンがいっぱいいる人気作品だった。

物語は主人公がプリゾン学園に入学した日、学生寮《りょう》で同室になった令嬢《れいじょう》の凄惨《せいさん》な死体を見つけるところからスタートする。

令嬢はなぜ殺されたのか？　犯人は？　学園内で起きる怪奇《かいき》現象の原因は？

主人公は学友たちと謎《なぞ》を解きながら、襲《おそ》いかかってくる恐怖《きょうふ》を乗り越《こ》え、出会う攻略《こうりゃく》キャラクターとの愛を育《はぐく》んでいくのだ。

ただし、このゲームは油断するとキャラクターが簡単に死んでしまうので、プレイには鋼《はがね》のメンタルが必要。

前世のメルディはそのゲームの大ファンで、散々にやりこんでいた。

だからこそプリゾン学園の制服を見た瞬間、『はとる。』の世界だとわかってしまった。

そして『メルディ・フロト』というキャラクターが、ゲーム冒頭《ぼうとう》で無惨な死体として登場する令嬢だということも。

ゲーム中のメルディは、どこにでもいるような平凡《へいぼん》な男爵令嬢だ。焦《こ》げ茶色の髪《かみ》に、小さくも大きくもない瞳《ひとみ》。体型も平均的。

普通《ふつう》のゲームならいわゆるモブと呼ばれるような彼女だが、『はとる。』では異彩《いさい》を放つ存在だった。

主人公のルームメイトとして登場するメルディは、入学したばかりで右も左もわからない主人公の緊張《きんちょう》を解く役どころだ。

どこか天然っぽさのある、おっとりとした口調のメルディは主人公と他愛《たわい》のない会話を楽しんだ後、握手《あくしゅ》を交《か》わす。

『私たち、友だちになりましょうね』

華《はな》やかな学園生活のスタートを予感させるそんなやりとりの後、主人公は突如呼び出され部屋を出て行く。

そして次に部屋に戻ったとき、メルディは無惨な死体として部屋に転がっているのだ。

つい先ほどまで言葉を交わしていた少女の死にショックを受ける主人公の悲鳴と共に、ゲームは幕を開ける。

なお前世のメルディも初見プレイでは主人公と共に悲鳴を上げた。

乙女ゲームとは思えない凄惨な死体描写《びょうしゃ》はトラウマ級だった。

プレイヤーの記憶に焼き付く斬新《ざんしん》な幕開けシーンを思い出し、メルディはぶるりと身体《からだ》を震《ふる》わせる。

「い、いやだぁ!!　せっかく転生したのに死ぬなんていや!!」

前世の記憶を取り戻した衝撃《しょうげき》と、自分が入学式の日に死ぬという運命。

情報過多でメルディは半泣きだった。

つい数分前までは一週間後から始まる学園生活に胸をときめかせていたのに、こんな残《ざん》酷《こく》なことがあるだろうか。いや、ない。

「うっうっ……無惨に死体として転がるスチルしかない死体役に転生するなんて……！

せめてもっと安全圏《けん》のモブになりたかった……！」

メルディは、冒頭の主人公との会話と、死体としての単独スチルでしか出てこない。

ゲームの進行中もちらっと名前が出てくるだけ。

どれだけ周回プレイをしても冒頭にしか登場しないことや、死体のスチルがスキップできないという鬼《おに》仕様から「死体役令嬢」という不名誉《ふめいよ》な呼び名をつけられていたりする。

しかもゲームの後半になってわかるのだが、メルディは学園で起きたとある事件に巻き込まれて偶発《ぐうはつ》的に殺されただけで、何の非もない完全な被害者《ひがいしゃ》なのだ。

不憫《ふびん》の極《きわ》み。ホラーゲームでもメルディほどに憐《あわ》れなキャラクターはいないに違《ちが》いない。

「いっそ入学を辞退しちゃう？」

乱暴だが、一番手っ取り早い方法だ。

メルディが死ぬのは、主人公と同室だったからという単純明快なもの。

だから入学さえしなければ死ぬことはない。

でも。

「あんなに頑張《がんば》ったのに……」

思い返されるのはプリゾン学園の入学までに費《つい》やした努力の日々だ。

プリゾン学園は、国内随一《ずいいち》の名門学園。王族やその傍系《ぼうけい》はもちろん、他国の高位貴族などが留学してくるほど。

入学したという実績だけでも社交界では最高のステイタスだし、無事に卒業したともなれば、その後の未来は約束されたも同然だ。

国内の貴族子女は全員、この学園に入学することを夢見ていると言っても過言ではない。

しかし最高峰《さいこうほう》であるが故《ゆえ》に、入学するためには家柄《いえがら》や財産、状況《じょうきょう》だけではなく、それに見合った努力と才能が必要。

メルディの生家であるフロト家は特に有力な貴族ではないが、建国のころから存在する由緒《ゆいしょ》ある男爵《だんしゃく》家だ。

財産も潤沢《じゅんたく》ではないが、領民や使用人たちに苦労をさせない程度には蓄《たくわ》えている。おかげで入学に向けての第一関門である書類審査《しんさ》にギリギリで引っかかることができた。

記憶を取り戻す前のメルディは読書好きということもあり勉強は得意だった。

とはいえ、入学試験に合格するためにはそれ相応の努力をしなければならず、試験日までは毎日毎日机にかじり付いていた。

入学許可証が届いた時は、家族全員でメルディの健闘《けんとう》を称《たた》えて抱《だ》きしめ合って泣いたくらいだ。

「うう……」

大喜びしていた両親や兄弟の顔を思い出すと、今更《いまさら》入学を辞退したいなど到底《とうてい》言い出せない。

いっそ試験に落ちていれば。もっと早くに記憶を取り戻していれば。

今更ながらの後悔《こうかい》が湧《わ》き上がってくるが、時すでに遅《おそ》し。

高額な入学金は支払《しはら》い済みだし、メルディのサイズに仕立てられたオーダーメイドの制服だって届いている。

かわいいデザインの制服に袖《そで》を通すのをどれほど心待ちにしていたことか。

だがメルディは知っていた。一週間後、自分はこの制服を着たまま無惨に殺されると。

「何が悲しくて死に装束《しょうぞく》を眺めて生活しなきゃいけないのよ」

わざわざトルソーまで用意して飾られている制服を見つめながら、メルディは深いため息を吐《は》き出した。

悲しい。しかし現実は非情だ。泣こうがわめこうが時間は経《た》つし、お腹《なか》も空《す》く。

切なげに鳴いたお腹を押さえ、メルディは制服と共にメイドが運んできてくれていたおやつのクッキーを口に運ぶ。

ふんわりとした甘さが口腔《こうこう》内に広がり、ささくれ立っていた心が落ち着いていく。

「……さてと」

お腹が満たされたことで少しだけ冷静になれた気がする。

再び制服に目を向けてみれば、やはりとてもかわいい。

メルディはこれを着て憧《あこが》れのプリゾン学園に入学する姿をずっと夢見てきたのだ。

そう簡単に諦《あきら》めたくはない。

「そうよ。この世界が本当にあのゲーム通りかなんてわからないじゃない」

もしかしたら名前が同じなだけで、自分はあの死体役令嬢のメルディではないかもしれない。髪の色とか目の色とかがちょっと似ているだけの偶然《ぐうぜん》の一致《いっち》という可能性もゼロではないのだ。

「でも、あれが現実になったら」

メルディが記憶《きおく》のとおり死体になる運命だとしたら。

ゲームでは何度も見た凄惨な死体スチルが頭をよぎる。

二次元でもあれほど恐《おそ》ろしかったのだ、現実ともなればなおのことだろう。

それに、きっとめちゃくちゃ痛いに違いない。

「うう……どうにかして回避《かいひ》できれば……回避……そうよ、回避！」

我《われ》ながら完璧《かんぺき》なひらめきにメルディは瞳を輝《かがや》かせながら立ち上がる。

「私が殺されないようにすればいいのよ！」

入学式まで一週間ある。

ゲームの知識をフル活用すれば自分の死を回避することは容易《たやす》いはずだ。

善は急げとメルディは机に向かい、自分の記憶にあるかぎりのゲームの情報をメモに書き出した。

「ええと……メルディが殺されるのは主人公と同室だったからなのよね。主人公に会いに来たゲームの黒幕キャラクターが主人公がいないことに腹をたてて暇《ひま》つぶしで殺されるのがこの私」

口にしてみるとあまりにもひどい。救いがないどころではない。

思わず遠い目をしてしまう。

「何にも悪くないのに殺されてしまう私、憐れだわ」

今でもはっきりと思い出せるスチルに心の中で黙禱《もくとう》しながらメルディは、再び長く深いため息を吐く。

「一番いいのは、主人公との同室回避なんだけど……これはもう難しいわよね」

なぜなら二人が同室になったのは『誕生日が近い』という単純な理由だからだ。

今更、誕生日が間違っていました！　と届け出るのはあまりにも不自然だし、両親だって納得《なっとく》しないだろう。

「と、なると……もう一つの方法はゲーム自体をスタートさせない、ってことよね」

メルディは腕《うで》を組むとうーんと考え込む。

前世でファンだったこともあり『はとる。』のゲーム内容はしっかり頭に入っている。

メルディを殺した人物の正体及《およ》び、その目的もわかっている。

わかっているからこそ、本当は関《かか》わりたくない。

でも。

「放置していたら世界が滅《ほろ》んじゃうんだよね……」

なんと『はとる。』のバッドエンドは世界の崩壊《ほうかい》なのだ。

主人公たちがメルディの死をきっかけに学園で起きる不審《ふしん》な出来事に気が付くことで、黒幕の悪事を暴《あば》き、学園の平和及び世界すらも救ってしまう……という壮大《そうだい》なストーリーだったりする。しかもなかなかに難易度が高く、前世のメルディは何度もそのバッドエンドに辿《たど》り着いてしまった。

世界の崩壊を見つめ高笑いする黒幕のスチル。

それを思い出すだけで、胸の奥がきゅっと締《し》め付けられる。

「もし私が死を回避しても……主人公たちが謎解《なぞと》きをしなかったら最終的には……」

メルディどころかメルディの家族や大切な人たちが全員死んでしまう。

それだけは絶対に避《さ》けたい。

「つまり、私の死亡フラグを完全回避するためには……ゲームをスタートさせないようにするしかないってことか」

本当は考えなくてもわかっていた。

たとえ自分が死ななくても、他《ほか》の誰《だれ》かが犠牲《ぎせい》になる。『はとる。』はそういうゲームだ。

誰かが死ぬとわかっていて放置するのは大変寝覚《ねざ》めが悪い。

平凡《へいぼん》な感性を持っている自分が恨《うら》めしいような誇《ほこ》らしいような気持ちになりながら、メルディはふうと息を吐《は》いた。

「やるしかない、のかも」

このタイミングでメルディが記憶を取り戻《もど》したのは、何かの縁《えん》なのかもしれない。

どうせ記憶が戻らなければ死んでいた命だ。

「よし！　そうと決まれば善は急げよ！　絶対にゲームのスタートを阻止《そし》してみせるわ!!」

そう叫《さけ》んだメルディは握《にぎ》りしめた拳《こぶし》をふりあげたのだった。

第一章　死体役令嬢の奮闘

入学式まであと六日という晴れた日、メルディはプリゾン学園の正門前に立っていた。

その光景はゲームのスチルそのものだった。

真っ白な外壁《がいへき》に青い屋根。窓枠《まどわく》には金色の細工が入っており、まるでお城のような豪華《ごうか》絢爛《けんらん》さ。学園の敷地《しきち》をぐるりと囲む金属製の塀《へい》ですら、輝いて見えるから不思議だ。

「うわぁ！」

(聖地だわ……)

目の前の光景に見惚《みと》れつつも、感動と同時に押し寄せてくる絶望に目が細まる。

(ここまで来たら確定よね。ここは間違《まちが》いなく『はとる。』の世界ね)

ほんの少しだけ抱《かか》えていた希望は、脆《もろ》くも崩《くず》れ去ってしまった。

このままでは自分は間違いなく死ぬ。どうにかして回避しなければと頭を抱えて唸《うな》っていれば、後ろに控《ひか》えているメイドの咳払《せきばら》いが聞こえてきてメルディは慌《あわ》てて笑顔《えがお》を取り繕《つくろ》った。

「あ、あはは」

メルディを見るメイドの視線は怪訝《けげん》そのものだ。

一応、今のメルディには「本来のメルディ」としての記憶と意識もちゃんとあるが、前世の人格がかなり前に出てしまっている状態だ。

幸いだったのが前世のメルディと今のメルディとの間に思考や嗜好《しこう》の齟齬《そご》がないことだろう。別の人間とはいえ、魂《たましい》は同じなのだから共通点も多いらしい。

だが、この世界の貴族令嬢《れいじょう》らしくない態度が目立つのは否《いな》めない。

とくに常に傍《そば》にいたお付きのメイドは、急に態度の変わった主人を怪《あや》しんでいるのがなんとなく伝わってくる。

(お父様たちにも心配かけちゃったしなぁ)

自分の運命について色々考えた結果、メルディはゲームの舞台《ぶたい》であり一週間後に入学する予定の学園に忍《しの》び込むことを決めた。

なぜならゲームのスタートに関わる重要なアイテムが学園にあるから。

それを回収してしまえば、黒幕は黒幕として覚醒《かくせい》せず、メルディの殺害イベントも起きない。

もしも、すでに黒幕がそのアイテムを発見してしまっていたら万事休《ばんじきゅう》すだが、おそらくはまだだと推察できた。

ファンディスクでは、そのアイテムの発見は入学式の前日だと語られている。

善は急げとばかりにメルディは「入学前に学園を見学したい。じゃないと不安で入学できない」と入学前に突然《とつぜん》ナーバスになったふりをした。

その豹変《ひょうへん》ぶりに、両親をはじめとした家族や使用人たちはたいそう驚《おどろ》いた。

もともとのメルディという少女は多少天然ではあるものの、明るくおっとりとした大人しい性格で、親を困らせるような我が儘《まま》を口にすることは滅多《めった》にない子だった。

そんなメルディがさめざめと泣きながら入学が怖《こわ》い、もう少し冷静に検討すべきだった、今からでも領地に戻りたいと訴《うった》えたのだから驚かれて当然だろう。

どうすれば気持ちが落ち着くのか、と尋《たず》ねてくれた両親にメルディは『入学式前に学園内を見学したい』と訴えたのだった。

本来、学園は警備の都合もあり無関係の人間は立ち入りを禁じられている。

新入生も、入学式までは原則立ち入りはできない。

だが、娘《むすめ》を案じた父親は伝手《つて》を辿って学園の関係者に相談をし、今回だけの特別な措置《そち》として、この見学の許可を取り付けてくれたのだ。

感謝してもしきれない。

(これからはなるべく大人しく振《ふ》る舞《ま》うからね、お父様)

学園への入学という人生の転機を境に、少々元気になったくらいに思ってもらえればいいなとは思っている。

「どうぞゆっくり見学していってくださいね」

ぼんやりとしてしまっていたメルディに声をかけてくれたのは、上品な女性教師だ。優《やさ》しげな笑みを浮《う》かべた彼女は、なんと主人公の担任教師マルタだった。

毎日の授業イベントで笑顔を振りまくマルタの立ち絵を思い出し、メルディは頰《ほお》を緩《ゆる》ませる。

「ありがとうございます、マルタ先生」

膝《ひざ》を折って感謝を告げれば、あら、とちょっと驚くような声が聞こえた。

「私ったらあなたに名乗ったかしら……？」

（し、しまったぁ）

ざっと血の気が引く。ゲームでの知識そのままに話しかけてしまった。

「いえ、その、わ、私、この学園に入学したくていろいろ調べて……先生のことも、その……紹介《しょうかい》記事で」

「ああ。なるほど。メルディさんは勉強熱心なのねぇ」

マルタはメルディの言い訳を信じてくれたらしい。

うんうんと頷《うなず》く姿はどこか嬉《うれ》しそうだ。

「あなたのような真面目《まじめ》な生徒が入学してくれるのは嬉しいわ。入試の成績も大変優秀《ゆうしゅう》だったし」

「嬉しいです」

「だからこそ今回特別に見学が許可されたのよ」

努力は裏切らないとはこのことだろうか。

この学園に入学したかったメルディは、学業に本気で取り組んだため成績はかなりのものだった。おかげでこうやって死亡フラグ回避《かいひ》へ一歩近づけたのだ。

「見学は校庭からだけにしてください。建物には立ち入らないように」

「はい！」

メルディは「まあそうだよね」と半分落胆《らくたん》しつつも笑顔で感謝を述べる。

建物に入り込めない可能性は想定済みだ。いくら入学を控えた生徒とは言え、建物の中に入れて何かあれば問題だろう。

あくまでも今のメルディは入学にナーバスになった結果、学園を見て安心したいと我が儘を言っているだけの部外者なのだから。

「申し訳ございません。私のような者がこの学園で無事に過ごせるか急に不安になってしまって」

「親元を離《はな》れるのですから、不安になるのは当然ですわ。その不安をかき消すために自ら学び舎《や》を見たいと思う心意気は大変結構です」

「ありがとうございます」

「一部の生徒は春期休暇《きゅうか》を終えて学生寮《りょう》に戻ってきているので、もしかしたら敷地内にいるかもしれません。もし誰かを見かけたら必ず挨拶《あいさつ》をするのですよ。目上を敬う姿勢もこの学園で過ごすのであれば大切なことです」

「はい！」

元気よく返事をすれば、マルタは満足げに頷いてくれた。

「私は正門横の管理棟《とう》にいますから、何かあれば声をかけてくださいね」

マルタとは正門で別れ、メルディはメイドを伴《ともな》いまずは校舎の間にある中庭に向かう。

（おおっ……ここもスチルそのもの！）

正門前の噴水《ふんすい》や、中庭はゲーム中に何度も背景として目にしていた場所だ。

見覚えのある光景に少し心が躍《おど》るが、今はそれどころではない。

メルディはメイドを連れ、学園内をゆっくりと見て回りながら、チャンスを見計らう。

これまでのメルディらしい振る舞いを心がけたからか、メイドの態度も先ほどにくらべてかなり軟化《なんか》してきたような気がする。

違和感《いわかん》を抱《いだ》かせないように、しずしずと歩きながら中庭の真ん中にある大きな樹《き》とそれを囲む花壇《かだん》がある方へと向かう。

周囲よりほんの少し高く作られたそこは、小さな丘《おか》のようになっていた。

いくつかのモニュメントが等間隔《とうかんかく》に飾《かざ》られていることもあり、まるで美術館の中庭のような雰囲気《ふんいき》だ。

（確かこの辺に……見つけた！）

ひときわ大きなブロンズ像の台座。その下にお目当てのものを発見したメルディはキラリと目を光らせた。

（あとはどうやって……そうだ！）

「ああっ」

「お嬢様《じょうさま》⁉」

突然その場にへたり込んだメルディにメイドが駆《か》け寄ってくる。

「どうしました」

「ちょっと目眩《めまい》が……冷たいお水をいただけないかしら」

「水ですか？　ええと……少々お待ちください」

メイドは周りをきょろきょろと見回す。誰《だれ》かを呼ぼうとしているのだろうが、誰もいないのは明白だ。

「お嬢様。管理棟にいってお水をもらって参りますので、ここでお待ちください」

「ええ……」

もくろみ通りメイドはメルディを木陰《こかげ》に休ませると、早足で正門の方に駆けていった。

それなりの距離《きょり》があるため、行って帰ってくるのに数分はかかるだろう。

メイドの姿が完全に見えなくなったのを確かめ、メルディはさっと身体《からだ》を起こすと周りを見回してから先ほど確認《かくにん》したブロンズ像の後ろへとまわる。

見た目は重厚《じゅうこう》な台座であるが、よく見ると裏側の左右にはわずかな凹《へこ》みがあり、それを上手に叩《たた》くと蓋《ふた》のように金属板が外れ、細い階段が地下へと続いているのが見える。

「よし……！　ゲームと一緒《いっしょ》だわ！」

これはゲームの最中に発見される、校舎の中へと続く秘密の通路だ。

王族や高貴な人たちがいざという時に校舎から逃走《とうそう》するために造られているもので、教師すらこの存在を知る者は少ない。

ゲーム終盤《しゅうばん》、黒幕に追い詰《つ》められた主人公と攻略《こうりゃく》対象のキャラクターはこの通路を使って学園から抜《ぬ》け出し九死に一生を得るという、重要なイベントが起きる場所だったりする。

つまり本来こちら側は出口で、校舎側に入り口がある。

確か、人気《ひとけ》のない廊下《ろうか》の奥が入り口になっていたはずだ。

「出てこられるなら、入っていけるはず」

そう考えたメルディは、隠《かく》し通路に潜《もぐ》り込む。

狭《せま》くて暗い場所だったが、長い間使われていないわりには綺麗《きれい》な場所だった。

この先に自分の人生が開けているとおもえば、足取りも軽くなる。

「よいしょっと……そういえば、攻略対象の好感度が高いとこの通路の中でちょっとしたラブイベントが起きるのよね」

狭く暗い通路という密室で二人きり、となればそれなりのことが起きてしまうのは必至《ひっし》といえよう。

その聖地に……と思いを馳《は》せている間に突《つ》き当たりになっている壁《かべ》に辿《たど》り着いた。

一見ただの壁ではあるが、思い切りよく左右を両手で叩けば、大きな音と共に壁が外れて光が差し込む。

「やったぁ！　うまくいった！」

ゲームと同じやり方で開くか不安だったが、綺麗に開いてくれた。

這《は》うようにして外に出れば、そこは長い廊下だった。

どうやら入り口の位置もゲーム通りだったようで一安心する。

「よいしょ、っと」

立ち上がり、服のしわを伸《の》ばし髪《かみ》を整える。マルタが言っていたように校舎内の生徒に遭遇《そうぐう》する可能性もあるので、貴族女性らしい振る舞いはしておくべきだろう。

一番いいのは誰にも見つからないことだが、スムーズに行くとは限らない。

「とにかく図書室に行くわよ」

「図書室に何しに行くの？」

「ひっ……！」

決意表明に突然《とつぜん》返事をされ、メルディは弾《はじ》かれたように振《ふ》り返る。

今の今まで、なんの気配も感じなかったのに。

いったい誰だと声の主の姿を認めた瞬間《しゅんかん》、メルディは思い切り目を見開いた。

「あなたは……！」

特権階級の象徴《しょうちょう》である、特注の白の制服に身を包んだ青年がそこにいた。

きらめく金の髪に青い瞳《ひとみ》。中性的ながらも壮絶《そうぜつ》な色気をまとった顔立ち。細身でありながらも鍛《きた》えられているのがわかる体軀《たいく》。

体中の血が逆流していくような錯覚《さっかく》に襲《おそ》われる。

(どうしてここに)

「見たところ、生徒ではないようだけど……もしかして新入生か転入生かな？　でも、今はまだ春休みだよ？　どうしてこんなところにいるの」

口調は穏《おだ》やかだし、にこにことした笑《え》みを浮《う》かべてはいるが、その瞳はまったく笑っていないのがわかる。

メルディは胃の腑《ふ》がぎゅっと締《し》め付けられるのを感じた。

(な、なんで黒幕王子がここにいるよのぉぉ～～!!)

彼の名はジェイク・アドラー。

この国の第一王子にして、このプリゾン学園の最上級生かつ生徒会長。

何《なに》を隠そう彼こそが『はとる。』の黒幕だ。

彼は眉目秀麗《びもくしゅうれい》のうえに文武両道。何をやらせても一瞬で完璧《かんぺき》にこなせてしまう天才。

幼い頃《ころ》から国政に関《かか》わり、国王夫妻よりも臣下に信頼《しんらい》され、国民にも愛されている。

街を歩けばジェイクの肖像《しょうぞう》があちこちに飾られているし、ジェイクを題材にした本だっていくらでもある。

完全無欠の愛され王子。

（でも、その本性《ほんしょう》は人の心がわからない合理主義者の冷血漢）

ジェイクは完璧すぎるが故《ゆえ》に、壊《こわ》れた王子様だ。

自分にできることが人にできないのが不思議でならず、無駄《むだ》なことばかりする周囲が馬《ば》鹿《か》に見えてならない。

いつも穏やかで人当たりがいいのも物事が円滑《えんかつ》に進むからという理由で、心から何かを楽しんだことも笑ったこともない。

自分の見た目や立場にひかれて寄ってくる人たちを見下しながら、自分に都合の良いように操《あやつ》り生きてきた。

笑顔と優美さで己《おのれ》の本性を隠していたジェイクは、この学園であるものを見つけ、とうとう人の道を外れてしまう。

その最初の悪行こそが、メルディの殺害だった。

（主人公を殺しに来たのに、部屋にいたのがメルディだったから暇《ひま》つぶしで殺しちゃったんだよね）

優秀《ゆうしゅう》過ぎると一周回っておかしくなってしまうといういい例だ。

巻き込まれた方はたまったもんじゃないけれど、二次元ならば「だがそれがいい」になってしまうのが不思議なところ。

まさに最凶《さいきょう》の黒幕。『はとる。』ワールドに君臨するダークヒーローとしてジェイクは絶大な人気を誇《ほこ》っていた。

前世のメルディはわりとジェイクが好きだったが、それはあくまでも画面の向こうにいらっしゃるからで、現実では決して関わりたいとは思わないキャラクターだった。

なにせ美形で悪役。言動は完全なる厭世《えんせい》系サイコパス。

だが、そこには彼なりの美学があり、時折見せる人生を諦《あきら》めた表情からは壮絶な色気を醸《かも》し出すという、一度見たら忘れられない強烈《きょうれつ》なキャラクター性。

とはいえジェイクは完全なる悪役なので、彼との恋愛《れんあい》ルートは存在しない。

だが、熱烈《ねつれつ》なファンへのサービスとして、後日発売されたファンディスクに、バッドエンド後に主人公の肉体だけを保存して鑑賞《かんしょう》するというとんでもない後日談が追加された。

氷漬《こおりづ》けになった主人公を見つめ、うっすらと微笑《ほほえ》むジェイクのスチルは信じられないほどに美麗《びれい》だった。

果たしてこれは恋愛なのかなんなのか、とファンの間では激論が交《か》わされていた記憶《きおく》が鮮烈《せんれつ》に蘇《よみがえ》ってくる。

もはやこれは走馬灯だろうか。

死亡フラグを回避《かいひ》しに来たはずなのに、目の前には死亡フラグそのものが立っている。

(神は死んだ)

メルディは遠い目をしながら自分の余命を悟《さと》り、意識を闇《やみ》に飛ばしかけた。

「ねぇ、聞いてる?」

(ひいぃ!)

研《と》ぎ澄《す》まされたナイフのような尖《とが》った声に、メルディはようやく我《われ》に返る。

表情は笑顔のままだが、確実にこちらを警戒《けいかい》しているのが伝わってくる。

どうするべきか考えはまとまらないが、とにかく挨拶《あいさつ》が先だとメルディは頭を下げた。

「ジェイク殿下《でんか》にご挨拶申し上げます。私はメルディ・フロトと申します。殿下とは存じ上げませんで、失礼を致《いた》しました」

こんなに緊張《きんちょう》するカーテシーは生まれてはじめてだと思いながらメルディは膝《ひざ》を折る。

ジェイクは作ったような笑みを一ミリも崩《くず》さずにこちらを見たままだ。

「僕のことは知ってるみたいだね」

「と、当然でございます。ジェイク殿下を知らない者などこの国にはおりません」

「フロト……男爵家《だんしやく》か。へえ、この学園に入学するなんてずいぶん優秀なんだね」

「お褒《ほ》め頂き光栄です」

冷や汗《あせ》をかきながらもメルディは必死に取り繕《つくろ》う。

好青年ぶっているジェイクだが、実際はかなりの冷血漢だ。

自分にとって危険だったり、使えないと判断した人間はためらいなく処分し、切り捨てることができる人間だ。

この笑顔の奥で一体何を考えているのかと想像するだけで心臓が痛くなってくる。

「それで、どうして春休みにこんなところにいるのかな」

絶対に誤魔化《ごまか》されないぞという圧に泣きそうになりながらも、メルディは必死に笑顔を作った。

「ええと……実は、学園の見学に来たんですが道に迷ってしまって」

「見学？　部外者は校舎内に立ち入り禁止なのに？」

探《さぐ》るような瞳がメルディを見ているのがわかる。

まるで心の奥まで見透《みす》かされているようなその視線に、足がガクガクと震《ふる》えそうだ。

「はい、その……入学式前に不安になってしまって……ええと……お手洗いを借りようとしたら……迷子になって」

「ふうん」

わずかに細められた目には疑いの色が混ざっているのがありありと伝わってくる。

ジェイクは天才だ。少しでもこちらの言動に違和感《いわかん》があれば見抜《みぬ》かれてしまうだろう。

「でも今、図書室に行こうって言ったよね？」

「そ、れ、は……」

「それは？」

青い瞳がまっすぐにメルディを見ていた。

油断したら殺される。そんな予感で喉《のど》がひりつくように渇《かわ》く。

逃《に》げるべきだとはわかっているが、逃げたところで顔を知られてしまった。

ジェイクのことだ。メルディのことなどすぐに調べてしまうだろう。

（ええい、ままよ……！）

悩《なや》んでも命が助かるわけではない。メルディはカッと目を見開くとジェイクに勢いよく頭を下げた。

「実は、ここの図書室には貴重な本がたくさんあると聞いて、どうしても読みたくてこっそり忍《しの》び込んだんです」

嘘《うそ》は言っていない。嘘は。

何せメルディの目的はここの図書室なのだ。

「図書室に？」

「はい！　私、実は三度の食事よりも読書が好きでして」

ハキハキと答えてみたものの、冷や汗がすごい。

頭の中はこの場をどう乗り切るかでいっぱいだった。

「うちの図書室に、そんな貴重な本なんてあったかなぁ」

小首を傾《かし》げるジェイクは不思議そうではあるが、動揺《どうよう》した様子はない。

（演技の可能性もあるけど、きっと、まだだわ）

もしもう手に入れていたとしたら、ジェイクはこんな所にいるはずがない。

気付かれないようにメルディはごくりと唾《つば》を飲み込む。

（悪魔召喚《あくましょうかん》の書はまだ図書室にあるはず！）

メルディがこの学園に侵入《しんにゅう》しようとした最大の理由であり、このゲームのキーアイテム。

いにしえの悪魔を召喚する方法が書かれた、呪《のろ》いの書。

かつてこの世を手に入れようとした悪の魔法使いが書いたとされるその本は、何の因果かこの学園の図書室に封印《ふういん》されているのだ。

ジェイクはその本を、入学式の直前に図書室で発見してしまう。

悪魔召喚の書には所有者の願いを叶《かな》えることができる悪魔を召喚する方法が書かれており、ジェイクはその本にとんでもないことを願ってしまうのだ。

世界のルールの書き換《か》え。力こそが正義。実力のないものは、たとえ親であっても排除《はいじょ》することが叶う世界。

ジェイクの壊れっぷりはもはや人知を超《こ》えていた。

そして悪魔が望んだ代償《だいしょう》こそが、清き乙女《おとめ》の魂《たましい》。

そう、主人公の命だ。

ゲーム終盤《しゅうばん》で語られることだが、主人公はかつて悪魔を封印した聖女の生まれ変わりで、その魂はどこまでも高潔で強い力を秘《ひ》めている。

悪魔はその魂をどうしても手に入れたいらしい。

(あのエピソードもなかなかに悪魔側の執着《しゅうちゃく》が出ていて良きなのよね……ってちがう!)

恐怖《きょうふ》のせいか思考が明後日《あさって》の方向に飛んでいたが、それどころではない。

「この学園には古今東西の本が集まると聞いておりまして、きっと私が読んだことのない本がたくさんあるはずなのです。私、どうしても我慢《がまん》できなくて」

我ながら苦しい言い訳だと思うが、ここでくじけるわけにはいかない。

なんとしてでもジェイクを誤魔化さなければ。

(どうか信じてくれますように)

祈《いの》るような気持ちで笑顔《えがお》を作り続けていれば、ふうんと興味なさそうな声が聞こえた。

「なるほどね。わかったよ」

「えっ」

思わず間抜《まぬ》けな声が漏《も》れた。

顔を上げれば、ジェイクは爽《さわ》やかな笑みを浮《う》かべている。

「君はずいぶんと勉強熱心なんだね。それは素晴《すば》らしいことだ」

「あ、ありがとうございますぅ」

「でも図書室には君が言うように貴重な書物がたくさんあるからね。部外者を入れるわけにはいかない。入学後も学年ごとに立ち入れる区画が決まっているし、一年生の間は一般《いっぱん》的な書物しか見られないよ」

ぴしゃりと言い切られてしまい、メルディはがくりと首を折った。

（それはそうよね……）

ジェイクの言い分はもっともだ。ゲーム中でも入学当初は図書室の奥に入ることは禁じられていた。だからこそ、こっそり忍び込もうとしていたのに。

「でも……見るだけなら上級生の付き添《そ》いがあれば許されるかもね」

「……！　ほんとですか！」

メルディはエサを前にした犬よろしく顔を見上げた。

光の加減なのか、ジェイクの青い瞳《ひとみ》が一瞬《いっしゅん》だけきらめいたように見えた。

「とにかく、どのみち入学後かな。そのうち僕が案内してあげるよ」

「わ、わぁ、光栄です」

る気がする。

（無理。ぜったい無理）
心の中で悲鳴を上げつつメルディは笑顔を作る。
黒幕であるジェイクと一緒《いっしょ》にいたら、たとえゲームが始まらなくてもどこかで始末され
る気がする。

とにかくここは穏便《おんびん》に距離《きょり》を取るのが正解だろう。

「殿下《でんか》にお会いできて良かったです。それじゃあ私はそろそろ失礼しますね」

これ以上一緒にいたら絶対ボロが出る。

丁寧《ていねい》にお辞儀《じぎ》をして去ろうとしたメルディだったが、それを止めたのはジェイクの不思議そうな声だ。

「どこに行くの？　君、迷子だよね」

ピタリと足が止まる。

そうだった。そういえばそういう設定だった。

「えっと……殿下にお会いできたことでびっくりして道を思い出しました。入り口までは行けそうです」

「そう？　この校舎、案外入り組んでるから僕が出口まで案内してあげるよ」

「いえ、そんな……これ以上ご迷惑《めいわく》をおかけするわけにはいきません」

「気にしないで。よく言うじゃないか、情けは人のためならず、って。いつか僕に恩返し

してくれればいいからさ」

それが何より怖《こわ》いんです。

冗談《じょうだん》っぽく言っているが、ジェイクは多分本気だ。今ここでジェイクとの間に貸し借りを作ってしまったら、この先絶対に良くないことが起こる。

どうやって断ろうとメルディが思案していると、ジェイクが顔をのぞき込んできた。

「それとも……僕の提案は嫌《いや》？」

「とんでもない」

逆らえない。本能がそう告げていた。

「じゃあ行こうか」

にっこりとした笑顔に何もかもを見透かされている気分になる。

「……ありがとうございます」

棒読みにならなかっただけ偉《えら》いと思う。

真っ白な灰になった気分でジェイクの案内を受け入れることにしたのだった。

「…………」

広く長い廊下《ろうか》を歩きながら、メルディの心は死にかけていた。

死にたくなくて学園に来たはずなのに、未来で自分を殺す男と歩いている。

コメディにしても笑えない。シュールすぎる。

ちらりと横を歩くジェイクを見れば、まばゆいほどの顔面がそこにある。

(さすが人気キャラクターなだけあってかっこいいけど……本性《ほんしょう》を知っているだけにこわい)

ちらちらと横目でジェイクの顔をついつい何度も盗《ぬす》み見てしまう。

(それにしても早すぎない？　なんでジェイク様はここに？)

ファンディスク収録の前日譚《たん》では、ジェイクは入学式前日に資料を探すために立ち寄った図書室で本と出会うことになっている。

だが、入学式まではあと六日もある。

ジェイクが学園に来るのは前日だけだと信じていたからこそ、学園の見学を急いだというのに。

見つかった以上、聡《さと》いジェイクを躱《かわ》して図書室に行くのは不可能だろう。

(明日また見学に来る？　ううん、さすがにもう無理かも)

絶望的な気持ちになりながら、メルディはとぼとぼと廊下を歩く。

せっかく勇気を出してここまで来たのに、何も成功しなかった。

このままゲーム通りジェイクは悪魔召喚の書を手にしてしまい、メルディは入学式の日の夜に殺されるのだろうか。

出口へと向かう長い廊下が、まるで死刑執行《しけいしっこう》への道のりのように思えてくる。

「どうしたんだい、変な顔して」

「えっ、あっ、いえ……」

落ち込みすぎてしまったらしく、ジェイクが怪訝《けげん》そうな顔をしてこちらを見ている。

慌《あわ》てて表情を取り繕《つくろ》い、メルディは思い切り媚《こ》びた笑みをジェイクに向けた。

「ところで殿下はどうして春休みに学園に？」

その場を誤魔化《ごまか》す意味を込め、世間話を装《よそお》い話しかければ、ジェイクがその目をわずかに細める。

「生徒会の仕事でね。僕、生徒会長なんだよ」

「そうなんですね！」

驚《おどろ》いて見せたが、ジェイクが今年から生徒会長になったことは当然知っている。

ゲーム冒頭《ぼうとう》、生徒会長として入学式で挨拶《あいさつ》するスチルがあるのだ。あの時のジェイクもキラキラと輝《かがや》いていたのを思い出す。

「学園が始まってしまうと、何かと忙《いそが》しくなるからね。集中できるときに準備だけしておこうと思って」

「へぇ……」

（でも大変だよね。こんな大きな学園の生徒会長してたら、忙しそう。勉強だってあるし、

公務だってあるだろうし）

キャラクターとしてのジェイク像しか知らなかったが、よく考えれば彼は生身の人間なのだから、いくら完璧《かんぺき》な王子様とはいえ努力をしていないわけではないことに気が付く。

「ジェイク様って努力家なんですね」

休日を返上しても職務に向かう姿勢を純粋《じゅんすい》に尊敬してしまう。

「私だったら、休みは休みたいですもん」

前世は休日ともなればかなりぐーたら過ごしていたものだと目を細めていれば、なぜかジェイクから強い視線を感じた。

「殿下？」

何か失言をしてしまったかとどきどきしていると、青い目がなぜか楽しげに細まる。

「そう言いながら君も休日に学園に来てるじゃないか。勤勉だね」

「えっ？　あ、そうですね。えへへ」

「君みたいな真面目《まじめ》な子が手伝ってくれたら、僕も仕事が楽になるだろうな」

突然褒《とつぜんほ》められ、メルディは照れくささからあわあわしてしまう。

「本当ですか？　私でよければお手伝いしますよ」

なーんて、と続けようとした瞬間、ジェイクがメルディの手をすくい上げるように握《にぎ》ってきた。自分よりもひとまわりも大きなその手の感触《かんしょく》に、メルディはひぃ、と低く叫《さけ》ぶ。

「そう言ってくれて助かるよ。じゃあ早速《さっそく》明日から僕の手伝いをしてくれないか？」

「えっ、えっ」

「難しい仕事じゃないんだけど、一人でするよりはずっと効率が良いだろうからね。誰《だれ》かに頼《たの》もうかとは思っていたんだが、立候補してくれて助かったよ」

いや、待って。

手伝いがほしいというのは社交辞令じゃないのだろうか。

目上の人から誘《さそ》われたら、是非《ぜひ》と答えるのが貴族のマナーだと教わっていたので実践《じっせん》しただけなのに、どうして本当に手伝うことになっているのか。

「それにさっき恩返ししてくれるって言ったじゃない」

言ってない。むしろ勝手に決めたじゃないか。

そう反論したいのに勝てる気がしなさすぎてメルディは呆然《ぼうぜん》と立ち尽《つ》くしてしまう。

（……そうだ）

だが、ある考えがひらめく。

先ほどとは違《ちが》った意味で心臓が高鳴ってきた。

（これってチャンスなのでは？）

図書室にこっそり侵入《しんにゅう》できない以上、メルディにできることはジェイクの興味を図書室から逸《そ》らすことだ。

入学式までジェイクがあの本を手にしなければ、少なくともその入学式の夜にあの凄惨《せいさん》な殺人事件が起こることはない。

入学後にこっそりと悪魔召喚《あくましょうかん》の書を回収してしまえばいい。

そうすれば、誰も傷つかないですむではないか、と。

「よっ、よろしくおねがいします！」

なんとしても死体役令嬢《れいじょう》フラグを回避《かいひ》してみせると意気込みながら、メルディは大きな声で返事をしたのだった。


ジェイクに連れられ校舎の外に出たメルディに、血相を変えたメイドとマルタが駆《か》け寄ってきた。

「お嬢様！」

「ミス・フロト！」

やばい、と思い青ざめるメルディの前にさっとジェイクが進み出る。

「窓の外から具合が悪そうにしているのが見えたので、校舎内で休ませていたんです」

あまりにも自然にさらりと紡《つむ》がれた言葉のスマートさに、メルディは軽く目を瞠《みは》る。

庇《かば》われていることは理解できたが、せめて事前に打ち合わせくらいはして欲しい。

「連絡《れんらく》を入れるべきでした。すみません」

マルタに爽《さわ》やかに微笑《ほほえ》みかけたジェイクが、一瞬《いっしゅん》だけメルディに視線を向けた。含《ふく》みのある流し目に、ぞくりと背筋が寒くなる。

さっき、手伝いをすることになった時の流れを思い出し、これはまた新しい恩を売られてしまったのだと気が付く。

（さすが黒幕王子）

ゲーム中でも、ジェイクは主人公や他《ほか》のキャラクターたちに質問をされてもさらりと嘘《うそ》の返答をしていた。

王子というより、役者の方が向いているのではないか。

意識を明後日《あさって》の方向に飛ばしそうになったが、マルタがこちらを向いたのでメルディは慌てて背筋を伸《の》ばす。

「ミス・フロト、本当ですか？」

「はい。殿下《でんか》のお言葉に甘えてしまったんです。ご心配をおかけしました」

ジェイクに倣《なら》いしおらしく頭を下げれば、マルタは仕方がないとでも言いたげにため息をこぼす。

「そういうことでしたら……ミス・フロト、体調はどうですか？」

「もう大丈夫《だいじょうぶ》です。緊張《きんちょう》していたのが、学園に来て気が抜《ぬ》けたのかもしれません」

「ああ……」

大きく頷《うなず》くマルタの横で、メイドは心底安心したように胸を撫《な》で下ろしている。

身勝手な行動で心配させてしまったことが申し訳ない。

「ごめんなさい。心配かけて……」

心からの謝罪の言葉を口にすれば、メイドもマルタも表情を和《やわ》らげてくれた。

「何ごともなくてよかったです。見つけてくださったのがジェイク殿下でよかったですね」

「はい。ジェイク殿下、ありがとうございます」

ジェイクへと頭を下げれば、彼はふわりと優《やさ》しげな笑《え》みを浮《う》かべて頷いてくれた。

「いいんだよ。後輩《こうはい》に優しくするのは、上級生の務めだからね」

「では、ミス・フロト、そろそろ……」

「マルタ先生、少しお願いがあるのですが」

話を切り上げ、メルディを帰そうとしている気配のマルタの言葉をジェイクが遮《さえぎ》る。

「どうしましたか殿下？」

「実は、彼女を今後も少しお借りしたいのです」

「え？」

マルタとメルディ付きのメイドが同時に目を丸くする。ジェイクとメルディを交互《こうご》に見たあと、顔を見合わせ軽く首を傾《かし》げた。

「それは、いったい……」

「少し話してみたのですが、なかなか斬新《ざんしん》な目線を持った生徒のようで、入学したらぜひ生徒会を手伝って欲しいと感じたんです。特例ではありますが、この春休みの期間に少し適性を試させて貰《もら》おうかと思って」

これは手伝うことが決まったあと、ジェイクが提案した言い訳だった。

なんの理由もなくジェイクの手伝いをしていては、あらぬ誤解を受けてしまう。だったら周囲が納得《なっとく》する理由を作っておいた方がいい、というのだ。

「まあ」

目を輝かせたのはマルタだ。

「ミス・フロト。これは光栄なことですよ」

(ほんとに喜んだ！)

メルディはてっきり反対されると思っていたのだが、ジェイクはなぜか大丈夫だと断言していた。その通りになったと驚《おどろ》いていれば、マルタが憂鬱《ゆううつ》そうにため息を零《こぼ》す。

「生徒会に入りたいと望む生徒は多いのですが、浮《うわ》ついた気持ちを持っている生徒が多くて……実際に入会に至るのはごくわずかなのです」

思わず、そうなの？　という気持ちを込めてジェイクを振《ふ》り仰《あお》げば、そうだよ、というように頷かれた。

「そうなんだよね」

生徒会にはジェイクがいるし、役員ともなれば教師や高位貴族と交流を持つ機会も多くなる。そのため、所属していれば恩恵《おんけい》にあずかることが多いと思われているそうなのだ。

しかし最初は真面目な生徒を装《よそお》っていても、しばらくするとジェイクへの下心を全開にしたり、自分に有利な相手にばかり親切にしたりと、問題行動を起こす生徒が後を絶たない。

「だから、入会には僕の推薦《すいせん》が必要というシステムにしたんだ。一緒《いっしょ》に仕事をすれば、相手の本質は大体わかるからね。だが入学後は何かと忙《いそが》しい。ここで会ったのも何かの縁《えん》だし、審査《しんさ》を兼《か》ねて僕の手伝いをして貰おうかと」

「そういうことでしたら異論ありませんわ。ミス・フロト、ぜひお引き受けなさい」

むしろ逆に背中を押されてしまった。

「生徒会は常に人材不足だからね。君がよければぜひ」

「もちろんです！」

「じゃあ、今日はもう遅《おそ》いから明日から来てくれるかな？　僕はだいたい午後から学園に来てるから君も午後からおいで」

「わかりました」

（予想とは違ったけど、とにかくやるしかない）

悪魔召喚の書は図書室の奥まった場所に封印《ふういん》されている。

春休みの間、メルディがジェイクの時間を奪《うば》い続ければ、図書室を訪《おとず》れる時間はなくなるはずだ。

不安がないといえば嘘になるが、どうせこのまま行けば死体まっしぐらだ。

生きるためには自分から危険に飛び込んでいく覚悟《かくご》も必要なのだ、きっと。

(がんばるのよ私!)

メルディはぐっと拳《こぶし》を握《にぎ》りしめたのだった。


翌日の正午。

早めの昼食を取ったメルディは、意気込みも新たに学園に足を踏《ふ》みいれていた。

「お父様たちも殿下と仲良くするのはいいことだって言ってくれたし、よかったわ」

最初、入学前なのに学園に通うことを反対していた両親だったが、ジェイクの手伝いをすると知ってからは諸手《もろて》を挙げる勢いで賛成してくれた。

それほどまでにジェイクの人気は高いのだ。

メルディの手には大きなバスケットが抱《かか》えられている。中には朝からメイドたちと作ったサンドイッチが入っている。

（まあ、受け取ってはもらえないだろうけど）

この世界がゲームの通りならば、ジェイクは超《ちょう》の付く潔癖性《けっぺきしょう》だ。

王族なのだから毒味役を介《かい》さずに食べ物を口にするわけがない。

（お母様が張り切ってたから断れなかったけど、やっぱりやめたほうがよかったかな）

ジェイクの手伝いに行くことを知らせると、何を思ったのか母が「じゃあ差し入れを作らないと」と言い出してしまったのだ。

止めようとしたのだが、ジェイクのファンである母は止まらなかった。

（せめて捨てないで護衛の人とかにあげてくれればいいけど）

ほんの少し憂鬱な気持ちを引きずったまま校舎へと向かえば、入り口に立っているジェイクの姿が見えた。

昨日同様に真っ白な制服に身を包んだジェイクは、光り輝《かがや》くほどに美しい。

「ジェイク殿下。遅くなって申し訳ありません」

「やあミス・フロト。今来たところだから気にしないでいいよ」

憎《にく》らしいほどに爽やかな笑顔を向けられ、メルディはうっと胸を押さえる。

彼が黒幕王子だと知らないままだったらうっかり恋《こい》に落ちてしまったかもしれない。

（いやいや、これは周囲を油断させるための演技なんだからね）

ジェイクはその完璧《かんぺき》なまでの人心掌握《しょうあく》術で周りから慕《した》われている。むしろ信仰《しんこう》されていると言っても過言ではない。彼が本気を出したら、周囲の信者たちを使って人一人くらい消すのは容易《たやす》いことだろう。

(殿下《でんか》、恐《おそ》ろしい人)

「どうしたの？」

「いえなんでも！」

うっかり明後日《あさって》の方向に飛んで行っていた思考を引き戻《もど》し、メルディはにっこりと笑みを返す。

「それは？」

ジェイクはメルディが抱えているバスケットを指さした。

「あの、お腹《なか》が空《す》いた時にと思ってサンドイッチを作ってきたんです」

「へえ。凄《すご》いね」

微笑《ほほえ》みを浮かべたジェイクだったが、それ以上バスケットのことには触《ふ》れなかった。

(まあそうだよね)

無理に押しつけずに持って帰ろうと考えながら、メルディはなるべく上品に見える笑みを浮かべる。

「今日は何をお手伝いしたら良いのでしょうか」

「実はここの庭を改築するんだけど、新入生の視点からどんな風にするべきかアイデアを聞きたいんだ」

「アイデアを？」

　思いがけない言葉にメルディは首を傾げる。

「そう。僕たちのように普段《ふだん》から庭に見慣れていると、その良さや不便さがわからないものだろう？　先入観のない意見が聞きたいんだ」

申し訳ない。ゲームで何度も見ているから先入観がありまくりです。

咄嗟《とっさ》に返事をしそうになったのをぐっとこらえ、メルディは任せてくださいと胸を叩《たた》いたのだった。

　プリゾン学園の庭園は、正門から校舎までの前庭、校舎に囲まれた中庭。そして校舎の後方に広がる大庭園の三箇所《かしょ》に分かれている。

　改築の対象になっているのは前庭の部分だという。

　今の前庭は正門を入ってすぐに大きな噴水《ふんすい》があり、広く長い通路が整地されている。

「君から見て、今のここはどうかな」

「うーん」

　メルディは必死にゲームの知識を振り絞《しぼ》っていた。

（通路の左右にはバラの低木が植わっていたはず）

　昨日は気付かなかったが、今は花の咲《さ》かない植栽《しょくさい》ばかりが並んでおり、どうにも華《はな》やかさにかけるのだ。

（あ、そうか。これも前日譚《たん》のイベントだ）

悪魔召喚《あくましょうかん》の書のことばかりに気を取られて忘れていたが、あの前日譚ではジェイクが完璧王子として人生に絶望する理由が淡々《たんたん》と綴《つづ》られている。

本来、この低木はバラを植えておくべき筈《はず》なのに、ジェイクの指示を忘れた生徒のせいで、花の咲かないものが植えられてしまったのだ。

『こんな簡単なこともできないなんて』

些細《ささい》なミスではある。

だが些細だからこそ、ミスをする人間の気持ちが理解できず呆《あき》れてしまうのだ。

「今のままでもとっても素敵《すてき》ですが、少し彩《いろど》りに欠けますよね。バラの木を植えてみては？　王妃《おうひ》様が開発された新しいバラの木なんてどうでしょう」

「へぇ」

ジェイクの目がわずかに見開かれる。

表情は殆《ほとん》ど変わらないが、どうして、と驚《おどろ》いているのが伝わってくる。

（まあ全部ゲームの情報なんだけど）

彼の母である王妃は新種のバラの開発を趣味《しゅみ》にしており、ジェイクはそのバラを前庭に植えるようにと指示していたのだ。

(王妃様からジェイク様に学園にバラを植えて欲しいってお願いしてたのよね。王妃様の機嫌《きげん》を損《そこ》ねると面倒《めんどう》なのにって言ってたんだよね)

前日にバラが無事に植え替《か》えられていることを確認《かくにん》したジェイクは、その足で図書室に向かうのだ。

「そうだね。いいアイデアだと思うよ。早速《さっそく》手配しよう」

満足げに笑うジェイクにメルディも微笑みを返す。

全《すべ》てはゲームの受け売りなので罪悪感はあるが、これで一応の役目は果たしたことになるだろう。

「噴水の清掃《せいそう》も手配しませんか？　磨《みが》き上げた方がバラと合いますよ！」

言いながら噴水を指させば、ジェイクも大きく頷《うなず》く。

「それもいいね」

流れる水の具合を確かめている背中に、メルディははっとする。

(殿下を噴水に落としちゃえばいいのでは……！)

もちろん、全身ずぶ濡《ぬ》れにさせるつもりはない。

少し背中を押して、服が濡れるか汚《よご》れるかすれば潔癖性のジェイクはすぐに王宮に帰って着替《きが》えることを選択《せんたく》するだろう。

そうすれば今日はもう学園に帰ってこないに違《ちが》いない。

（少し恨《うら》みは買うかも知れないけど、殺されるよりはマシよ！）

我《われ》ながら突飛《とっぴ》すぎる思考だとは思うが、命には代えられない。

じりじりと距離《きょり》を詰《つ》め、ジェイクに近づく。

そしてその背中に手を伸《の》ばす。

（えいっ……！）

「そうだ、バラのことなんだけど……え？」

「えっ……ひえぇぇえっ」

ジェイクが突然《とつぜん》こちらを向いたせいで、メルディの手はむなしく空を掻《か》く。

続けて情けない水音が辺りに響《ひび》き渡《わた》った。

水受けの中に両手を突《つ》くような体勢になったメルディの頭に、噴水から降り注ぐ水がばしゃばしゃと降りかかる。

「あ――」

さすがのジェイクもフォローの言葉が思い浮《う》かばなかったらしく、どこか戸惑《とまど》った声を上げている。

情けなさでこのまま水に流されてしまいたくなるが、そういうわけにもいかない。

のろのろと起き上がれば、ほぼ全身がずぶ濡れだった。濡れた服はやたら重くてその場にべしゃりと座り込んでしまった。

(無様だ)

人を突き飛ばそうとした罰《ばち》があたったのだろうか。

「大丈夫《だいじょうぶ》……じゃなさそうだね」

「……はい」

「ほら、こっちにおいで」

びしょ濡れのメルディにジェイクが手を伸ばしてきた。

(え？)

差し出された手を見つめ、メルディは動きを止める。

噴水の水という、潔癖性《けっぺきしょう》なら絶対に触《さわ》りたくないところで濡れてしまっているというのに、ジェイクの手にはためらいが感じられない。

(ゲームでは、周りに生徒がいても主人公に手を貸さなかったのに)

「おいで」

まるで迷子の子犬を呼ぶようなジェイクの声におずおずと手を伸ばす。

そっと手を重ねれば、優《やさ》しく立ち上がらせてくれた。

ジェイクの手はさすが高貴な人というべきなのか、すべすべとしてあたたかく、男性らしく大きかった。

なんだかドギマギしていると、ジェイクが困ったように小首を傾《かし》げて小さく笑う。

「さすがにこれじゃあ仕事は続けられないいな」

（ひい！　一人で帰されたら残ったジェイクが図書室に行ってしまう！）

自分で自分の首を絞《し》めてしまったことに青ざめていると、ジェイクがジャケットのポケットからハンカチを取り出して、メルディの濡れた顔を拭《ぬぐ》ってくれた。

「管理棟《とう》に行ってタオルを借りよう。そのあと、僕の馬車で送っていくよ」

「え？　送ってくださるん、ですか？」

思わずぽかんとした返事をすれば、ジェイクが心外だとでもいいたげに眉《まゆ》を上げた。

「当たり前だよ。君の家から馬車を呼び寄せていたら時間がかかって風邪《かぜ》を引いてしまうかもしれない」

さらりととてもスマートに言い切られ、メルディは思わず大きく瞬《まばた》きをした。

ジェイクの態度には高慢《こうまん》さもいずれ人を殺すような腹黒さもない。

（やっぱり、ゲームとは違う）

ゲームでのジェイクはもっと冷たく、人間への興味がない人物だった。

完璧《かんぺき》な王子様の仮面を被《かぶ》りつつも、隠《かく》しきれない冷酷《れいこく》さがあり、主人公たちにその正体をあばかれてしまうことになるのだ。

だが、今のジェイクは血の通った人間だというのがわかる。

（もしかして、ゲームのジェイク様が冷酷なのって悪魔に影響《えいきょう》された姿だから？）

不意にそんな考えが頭に浮かぶ。

悪魔召喚の書を手にし、悪魔と契約《けいやく》したことで性格が悪魔の性質に引きずられてしまったが故《ゆえ》に、あんなに恐《おそ》ろしい人物になったのだとしたら。

(今の姿が、本当のジェイク様?)

「ミス・フロト?」

「あっ、すみません」

突然思い浮かんだ考察にぼんやりしてしまっていた。慌《あわ》てて謝れば、ジェイクが苦笑いを浮かべた。

「そういうときは、ありがとう、って言ってくれると嬉《うれ》しいな」

「……ありがとうございます」

よくできましたとでも言うように、優しく微笑《ほほえ》むジェイクの姿に、メルディは落ち着かない気分になったのだった。


その後、管理棟でタオルを借りたあと、ジェイクの馬車で家まで送ってもらった。

ジェイクもそのまま王城に帰ると言っていたので、図書室に行くことはなかっただろう。

両親やメイドたちにみっちり叱《しか》られたメルディは、ベッドに潜《もぐ》り込んで今日の出来事を反芻《はんすう》していた。

(何か、変なの)
噴水《ふんすい》に落ちた時の態度だけではない。
ジェイクはメルディが作ったサンドイッチを馬車の中で食べてくれたのだ。
最初の態度から受け取ってもらえないものだと思っていたからとても驚《おどろ》いた。
『せっかく作ってきてくれたのに食べ損《そこ》ねちゃったね。今から食べようか』
誘《さそ》われるままに自分も食べたのだが、驚きすぎて味などわからなかった。
(やっぱりおかしい)
主人公たちを追い詰め、極悪《ごくあく》非道な振《ふ》る舞《ま》いをしていた黒幕王子ジェイク。
だが今日のジェイクは普通《ふつう》の青年だった。
確かに少し怖《こわ》いし、何を考えているのか摑《つか》めない部分はある。
でも邪悪《じゃあく》さや冷酷な雰囲気《ふんいき》はまったく感じない。
(……うぅん、まだわからない。彼は天才なんだから)
頭に浮かぶのはゲームで惨殺《ざんさつ》されたメルディの姿だ。
死にたくないという生き物としての純然たる恐怖《きょうふ》に身体《からだ》を震《ふる》わせる。
(とにかく、まだ様子を見なくちゃ……)
そう決意を固めながら、メルディはグッと拳《こぶし》をにぎりしめたのだった。

翌日。

昨日と同じように学園にやってきたメルディを見たジェイクは、少しだけ目を丸くしたがすぐにふわっと微笑んでくれた。

「よかった。風邪《かぜ》引かなかったんだね」

「ええ。殿下《でんか》のおかげですわ」

「あれ……今日のバスケットはずいぶんと大きいね」

ジェイクの視線がメルディの抱《かか》えているバスケットに向けられる。

昨日サンドイッチを入れていたものよりひとまわり大きなそれを抱え直し、メルディはふふっと淑女《しゅくじょ》らしく微笑み返した。

(今日の作戦は、題して「犬にびっくり大作戦」よ！)

『はとる。』本編中、ジェイクが唯一《ゆいいつ》と言える弱点を晒《さら》すイベントがある。

それは犬だ。

犬に吠《ほ》えられ、ジェイクがその場を去るというエピソードがある。

誰《だれ》にでもなつく穏《おだ》やかな犬が、ジェイクにだけは激しく吠えて威嚇《いかく》するのだ。

『犬は苦手なんだよね』

忌《い》ま忌ましげに犬を睨《にら》み付けるジェイクの表情は普段とはまったく違《ちが》う冷徹《れいてつ》なものだっ

た。

その異様な姿に、主人公たちはジェイクが悪魔召喚《あくましょうかん》の書を持っているのではないかと疑いを抱《いだ》くのだ。

(犬嫌《いぬぎら》いのジェイク様に犬を見せれば、きっと早く帰ろうって言い出すに決まってるわ)

「実は今日は私の友達を連れてきました」

「友達?」

「はい……愛犬のチャッピー君です!!」

地面にバスケットを置き、蓋《ふた》を開ければ中から真っ白な犬が飛び出してきた。

ふわふわとしたわたあめのような体型をした犬は、フロト家で溺愛《できあい》されている愛犬のチャッピーだ。

ちろりとかわいい舌を出し、はっはっと小刻みに息を吐《は》き、短い尻尾《しっぽ》をちぎれんばかりに振《ふ》っているチャッピーは、地面に降りると嬉しそうにメルディの周りを回っている。

「犬……」

「はい。家を出る時どうしても付いてきたいと騒《さわ》いで……ご迷惑《めいわく》でしたか?」

申し訳なさそうな顔をしつつ、メルディはチャッピーをジェイクの近くへ誘導《ゆうどう》する。

きっと嫌《いや》そうな顔をして犬をしまえと言うだろう。

そこでめげずにチャッピーをけしかければ、今日は解散という流れになるに違いない。

そう、思っていたのに。

「かわいいね。男の子？　女の子？」

「え？」

ジェイクは制服が汚《よご》れるのも厭《いと》わず地面に膝《ひざ》を突《つ》くと、チャッピーに手を伸《の》ばした。すると撫《な》でられることを期待したらしいチャッピーがわん！　と鳴いてジェイクの手に自分から頭をすり寄せていく。

短い尻尾がちぎれんばかりに左右に揺《ゆ》れていた。

「人なつっこいね。ふふ、くすぐったいよ」

「こ、こらチャッピー‼」

チャッピーは全身でジェイクに甘えていた。対するジェイクもチャッピーを撫で回して楽しそうだ。

「で、殿下……犬、はお好きなんですか」

「うん好きだよ。城にも何匹《ひき》かいるよ。こんなに小さい子は久しぶりだ。ふふ、ふわふわしてるね」

「うっ……」

チャッピーの毛並みを撫でて目を細めるジェイクは、眩《まぶ》しいほどに美しかった。

思わず心臓が奇妙《きみよう》な音を立てる。

（どういうこと？　殿下は犬が苦手なんじゃ……あっ）

そこまで考えて、メルディははっとする。

（もしかして犬が苦手なのは、殿下じゃなくて、悪魔……？）

そうだとしたら色々と説明が付く。

人に吠えない筈《はず》の犬が吠え、犬を飼っている筈のジェイクが犬を苦手だと口にした。

（あああ……！）

ならばチャッピーがジェイクに吠えなかったのも納得《なっとく》だ。

今のジェイクは普通に犬が好きな青年なのだから。

（じゃあやっぱり今のジェイク様が本当のジェイク様なんだ）

行き当たった真実にメルディが呆然《ぼうぜん》とする中、チャッピーはすっかりジェイクに懐《なつ》いてお腹《なか》まで見せていた。

フロト家の面々が見たらきっとあらゆる意味で涙《なみだ》を流したことだろう。

「かわいいな。せっかくだし、今日はこの子と庭を見て回ろうか」

「えっ……？」

驚いて声を上げれば、すでにジェイクはチャッピーのリードを手に持って完全な散歩スタイルになっていた。

「昨日の続きで、前庭の確認《かくにん》とついでに校舎全体の点検をしようと思ってね。この機会に、改修できそうなところがあればと思って。君の意見は参考になったから今日も頼《たの》むよ」

「は、い……」

「さ、行こうかチャッピー」

わん！　と元気よく返事をするチャッピーにメルディは『君は誰の犬なんだ』と突っ込みたくなった。

だが、悪くはない状況《じょうきょう》だ。

チャッピーを連れて歩くのならば校舎に入ることはないだろう。

(結果オーライ！　でかしたチャッピー！)

帰ったら特製のご飯をあげようと考えながら、メルディはジェイクたちのあとに続いたのだった。

その日は、ほぼチャッピーの散歩だった。

とはいえ、ジェイクに聞かれれば庭や校舎などの景観について意見を出したし、他愛《たわい》のない会話も楽しんだ。

「犬も好きだけど猫《ねこ》も好きだよ。こっちの思い通りにいかないのがかわいいよね」

「そうなんですね」

なんとなくニュアンスに物騒《ぶっそう》なものを感じたが、あえて突っ込まずに笑顔《えがお》でさらりと流す。

「お城にはそんなにたくさん動物がいるんですね」

「弟は身体が弱くてね。城の外はおろか部屋の外に出ることもままならないことが多くて、すこしでも慰《なぐさ》めになればと母上がいろいろと動物を集めたんだ」

(そういえばそんな設定があったわね)

ジェイクの弟である第二王子は病弱で、表舞台《おもてぶたい》に姿を現すことはない。ゲームの中でも存在していることが語られるだけだ。

「どんな弟さんなんですか？」

「いい子だよ。本当に、いい子さ」

ほんの一瞬《いっしゅん》、ジェイクの表情が陰《かげ》った気がした。

(何？)

どうしたのかと尋《たず》ねようとしたが、その直後にチャッピーが何かに気付いてわんわんと大きな声で鳴いたせいで会話が途切《とぎ》れてしまう。

何を見つけたのかと思ったら、学園をぐるりと囲む壁《かべ》にできている小さな穴だった。

その穴からリスたちが出入りしているのが見える。

「こんなところに穴があったなんてね。チャッピーのおかげで発見できたよ」

「えらいわよチャッピー！　帰ったらたくさんおやつをあげるわね」

嬉《うれ》しそうに吠えたチャッピーが全力で尻尾を振っていた。

うるうるとした瞳《ひとみ》で見上げられると何でもしてあげたくなってしまう。

よしよしと頭を撫でていると視線を感じて顔をあげれば、ジェイクがじっとこちらを見ていた。

「殿下《でんか》？」

「いや……チャッピーはずいぶんと君に懐いてるんだね」

「あー……私が拾ってきたからかもしれないです」

「拾った？」

何を隠《かく》そうチャッピーは捨て犬だった。

数年前、家族で街に出かけた時に偶然《ぐうぜん》見つけたのだ。

最初は正直ゴミかと思った。

小さくてぺちゃんこで薄汚《うすよご》れていて。きゅうんと小さく鳴いた声が聞こえなかったらきっと気が付かなかっただろう。

メルディはチャッピーを連れて戻ると両親に駄々《だだ》をこねて、ドレスが汚れるのも構わず抱いて帰った。

最初はもうだめかと思ったが、チャッピーは奇跡《きせき》的に回復した。

そして今のかわいい姿に成長したのだ。

「すごいね」

話を聞いていたジェイクは、しみじみとそう呟《つぶや》く。

その一言にはいろいろな意味が含《ふく》まれているような気がした。

しかし、予想していたよりも馬鹿《ばか》にされているような空気は感じない。

「貴族らしくないって言われたこともあるんですけど、目の前で生きてる子を見捨てるなんてできなくて」

あの頃《ころ》、メルディはまだ前世を思い出してはいなかった。しかしもしかしたら根底には日本で生きた時に身に付けた常識のようなものがあったのかもしれない。

「いい子だねチャッピー」

よしよしとふわふわの毛玉を撫でながら、メルディは頰《ほお》を緩《ゆる》ませたのだった。

そうこうしているうちに夕方が近づいてきた。

「今日はここまでにしようか」

「はい」

「楽しかったよ。チャッピーもありがとうね」

わん！　と嬉しげに吠《ほ》えるチャッピーを撫でるジェイクの表情はやわらかだ。

その笑顔を見ていると、メルディの心にはなんとも言えない気持ちがこみ上げてきた。

(彼は悪魔召喚《あくましようかん》の書とさえ出会わなければ、普通《ふつう》の人だったのでは？)

優《やさ》しくて紳士《しんし》的で立派な王子様。

（やっぱり、ぜったい阻止《そし》しないと）

これまでは自分やゲームのキャラクターを死なせないため、ジェイクと悪魔召喚の書を出会わせまいと考えていた。

だが、今のジェイクを見る限り彼だってあの本の被害者《ひがいしゃ》なのではないだろうか。悪魔なんかと関《かか》わらなければ、ジェイクは多少屈折《くっせつ》を抱《かか》えながらも普通の人生を歩んでいたかもしれない。

（よし……あともう少し、頑張《がんば》ろう！）

入学式までの数日、なんとかして乗り切ろう。

そうすれば全員がハッピーエンドだ。

メルディは本気でそう思っていた。

まさかその願いが泡《あわ》と消えるなんて想像もせずに。

第二章　黒幕王子ジェイク

今日は春休み最終日だ。

午後からは入学式の準備があるため、ジェイクを含め生徒は学園に立ち入り禁止となる。

つまりこの午前中を乗り切れば全《すべ》て解決なのだ。

(今日まで長かった)

記憶《きおく》を取り戻《もど》してからの六日間という短い時間だが、かなり濃密《のうみつ》だったように思う。

特にジェイクの手伝いのために学園に来るようになってからは、とても楽しかった。

何より、ジェイクと過ごす時間が楽しくて、彼が黒幕王子であることを忘れそうになったことが何度もあった。

今のところ、ジェイクが悪魔召喚の書を手に入れた様子はない。

毎日のようにメルディが押しかけているせいでもあるのだが、図書室で何かをしたというような話も聞かないし、チャッピーを連れてきても吠える様子はない。

今は、入学式に備えて講堂の飾《かざ》り付けについて確認《かくにん》をしている。

その光景は、まさにゲームの冒頭《ぼうとう》そのものだ。

明日、ここで入学式をするのかと思うとこみ上げてくるものがあった。

(きっと素敵《すてき》な学園生活になるわ)

そんな風に胸を躍《おど》らせているうちに確認作業は終わってしまう。

「ご苦労様。今日まで色々ありがとう。助かったよ」

「殿下もおつかれさまです。こちらこそ、色々教えて頂き助かりました。明日からもどうぞよろしくおねがいします」

深々と頭を下げ感謝を告げる。

最初はジェイクの妨害《ぼうがい》目的だったが、一緒《いっしょ》に過ごすことで学園のアレコレを知ることができたし、正直かなり楽しかった。

ジェイクを最後まで守れた達成感もあり、とても気分がいい。

「殿下は今日から寮《りょう》に戻られるんですか?」

この学園は全寮制なので、ジェイクも寮に部屋を持っている。

王族ということもあり他《ほか》の生徒とは違《ちが》い個室だったはずだ。

「いや、これから図書室に行こうと思って」

ひゅっと喉《のど》が鳴った。

「図書室、ですか」

「そう。ちょっと確認したい資料があってね」

全身から血の気が引いていく。

指先が氷のように冷たくなり、数秒遅《おく》れて心臓が痛いほどに激しく脈打つ。

「い、いまからですか？」

ひどくうわずった声だった。

乗り切れたと、もう大丈夫《だいじょうぶ》だと思ったのに。

まさか最後の最後でこんなことが起きてしまうなんて。

ジェイクはメルディの動揺《どうよう》に気が付いていないのか、そうだよ、と爽《さわ》やかな笑《え》みを浮《う》かべている。

「ついさっき思い出したんだよね。すぐに終わるから、気にしないで帰っていいよ」

そう言ってジェイクはくるりとメルディに背を向けた。

(だめっ)

反射的に手が伸《の》びていた。

ジェイクの手を両手で掴《つか》み引き留める。

「え……？」

「わ、私も一緒に行っていいですか！」

我《われ》ながら必死すぎる声だった。

ジェイクも驚《おどろ》いているのか、目を見開いてメルディを見ている。

「生徒じゃないと入れないのはわかっています。でも最後にちょっとだけ……決してお邪《じゃ》魔《ま》はしませんから」

摑んだままのジェイクの手を必死に握《にぎ》る。

どうかお願いと願いを込めて。

(悪魔召喚の書がある場所にさえ行かせなければいいのよ)

図書室に行くこと自体が問題なのではない。

そこで悪魔召喚の書に出会ってしまうことが大問題なのだ。

(絶対に、契約《けいやく》なんてさせない)

必死の願いが通じたのか、ジェイクは少しの間を置いてから困ったように眉根《まゆね》を寄せ、やんわりとメルディの腕《うで》を外してきた。

「そういえば君が学園に来たのは図書室が目当てだったね。まあいいよ、今日まで手伝ってくれたお礼に見せてあげる」

「ありがとうございます！」

心からの感謝を込めて叫《さけ》びながらメルディはなんども頭を下げる。

同行してジェイクが悪魔召喚の書を見つけないようにすればいい。

資料探しを手伝って、早くに切り上げさせるのだ。

そうすれば、きっと大丈夫だと思ったのに。

(なのに、どうして見つけちゃうのよ、私)

泣きそうになりながら、メルディは目の前に現れた黒い本を穴が開きそうなほど見つめていた。

ジェイクと共に訪《おとず》れた図書室。

そこはゲーム中のスチルそのものだった。

探していた資料はあっという間に見つかり、ジェイクはそれをマルタに届けてくるから
といって席を外してしまった。

(この隙《すき》に本を探すべきか探さざるべきか)

思いがけず一人になってしまったメルディは、このチャンスに本を回収してしまうべき
かどうか迷っていた。

悪魔召喚《あくましょうかん》の書の隠《かく》し場所はゲームで見ているのでわかる。ジェイクが戻ってくるまでに
発見することはできるだろう。

でも、問題がある。

「どうやって持って帰るかよね」

今のメルディは動きやすいワンピース姿だ。本を入れておくような鞄《かばん》すら持っていない。

悪魔召喚の書は大きく、抱えていたらすぐにわかってしまう。

「やっぱり入学してから探した方がいいよね……殿下《でんか》だって入学してからは忙《いそが》しくて図書室で探しものなんてできないだろうし」

そう結論づけ、メルディは一般《いっぱん》生徒が立ち入れるスペースをのんびりと歩いて回る。

なかなかに面白《おもしろ》そうな本が並んでいて、入学してからの楽しみが増えた気分だった。

考えてみればゲームプレイヤーとしては学園生活を楽しんではいたが、メルディは入学式に死んでしまうのでその先がないのだ。

だが今回フラグを回避《かいひ》したことにより、メルディには未来ができた。

きっと大丈夫。そう、思えた。

（あれ？）

なぜか一冊の本がやけに気になった。

整然と並んだ本の中で、なぜかその背表紙だけが異質に見えた。

そっと手に取れば、ぞっとするほどに滑《なめ》らかな羊皮紙の感触《かんしょく》が手のひらに馴染《なじ》む。

とても手間をかけてなめされているのが伝わってくるうえに、どうやって染めているのかわからないほどの漆黒《しっこく》には怖《こわ》いほどの美しさを感じた。箔押《はくお》しされている金文字は光を受けて妖《あや》しく光っており、見つめているだけで妙《みょう》な高揚感《こうようかん》がこみ上げてくる。

「っ……!!」

思わず表紙を開こうとした瞬間《しゅんかん》、脳裏《のうり》に浮かんだのは『はとる。』のゲームスチルだ。

（これっ、悪魔召喚の書じゃない！）

ゲームの終盤《しゅうばん》、この本を持ったジェイクが悪魔を行使する瞬間を思い出す。

バッドエンドではこの本の中から数多《あまた》の悪魔が飛び出すのだ。その後の残酷《ざんこく》な展開は思い出したくない。

（なんでここに！）

この本は本来、図書室の奥。禁書棚《だな》と呼ばれる場所にあったはずだ。

なのにどうしてこんな手前の棚《たな》にあるのか。

とにかく一度棚に戻《もど》そう。

そう思ってメルディは棚に戻そうとした。

だが、どうしたことか、本が手のひらにぴったりと張り付いて離《はな》れてくれない。

触《ふ》れたところからぞわぞわとした黒い何かが身体《からだ》に入り込んでくるような気がする。

（どうしたらいいの！　はやくしないと殿下が来ちゃう）

今すぐこの本を隠して、ジェイクから遠ざけなければ。

誰《だれ》の目にも触れないところに隠して、それから。

（これを、ワタシが……）

「何してるの？」

「ひっ……！」

突然《とつぜん》後ろからかけられた声に、メルディは物理的に飛び上がる。

先ほどまで頭を占《し》めていた奇妙《きみょう》な感覚はどこかにいってしまった。

「で、殿下」

振《ふ》り返った先にはジェイクがいつものような微笑《ほほえ》みを浮かべて立っていた。

咄嗟《とっさ》に手を後ろに回して本を背後に隠す。

「今、何か隠したよね。それは何？」

「え、えええっとぉ」

暑くもないのに全身に汗《あせ》が滲《にじ》んだ。

冷たい汗が背中を滑《すべ》り落ち、いやな感触に全身がわななく。

「その、ちょっと図書室にあるには相応《ふさわ》しくない蔵書を見つけてしまって」

咄嗟に出た言葉は嘘《うそ》ではないが本当でもない。

「それは大変だ。生徒会長として検閲《けんえつ》する義務があるね。見せてくれる？」

「だ、だめです！　これは、その、殿下に見せられるような代物《しろもの》ではなくて……その」

「うん？」

「と、とってもいかがわしい本なんです!!　お目汚《めよご》しなんです!!」

悲鳴じみた声で叫んだあと、メルディは泣きたい気持ちになった。

言い訳するにしても他《ほか》に言いようがあっただろうに。

恥《は》ずかしさと混乱と恐怖《きょうふ》で頭の中が真っ白になる。

「へぇ。いかがわしい本なんだ」

じりじりと距離《きょり》を詰《つ》めてくるジェイクの瞳《ひとみ》は冷え冷えとしていた。

逃《に》げようと後ろに下がったメルディだったが、すぐに背中が本棚にぶつかり追い詰められてしまう。

「ってことは、中を読んだんだ。何が書いてあったの？」

「えっと、えっと」

必死に言い訳を考えるメルディの真正面にジェイクが立ちはだかる。

体温すら感じる距離に、喉《のど》が鳴った。

メルディにできることは背中にある本を視界に入れないようにすることだ。胸を反らし、少しでも自分を大きく見せて本の存在を包み隠そうとした。

「それって誘惑《ゆうわく》してるつもり？」

「へっ⁉」

あまりに脈絡《みゃくらく》のないジェイクの言葉にメルディは目を白黒させる。

貴公子然としたその姿で、今、彼は何を言ったのだろうか。

ジェイクの左手が、メルディを囲い込むように本棚へと押しつけられた。

ただでさえ近かった距離がもっと近くなり、高貴な香《かお》りがメルディの鼻孔《びこう》をくすぐる。

「そんな顔してもだめだよ。ああ、本当にイライラする」

「殿下……？」

見下ろしてくるジェイクの顔はこれまで見たことがないほど妖艶《ようえん》で、背筋が震《ふる》えるほどに美しかった。

「何、を」

「多いんだよね。僕を誘惑してあわよくば、って考える女の子」

ジェイクの青い瞳から光が消えているのがわかった。

何かを諦《あきら》めたような、絶望したような表情に心臓が痛む。

「君は違《ちが》うと思ったのに」

掠《かす》れた声が耳朶《じだ》をくすぐった。

「ちがっ……違うんです」

「何が違うのさ、説明してごらんよ」

「それ、は……」

何をどう説明すればいいのだろうか。

全部を語るには長すぎるし、今更《いまさら》過ぎることはわかる。

こんな状況《じょうきょう》で弁解したところで信じてもらえるわけがない。

「がっかりだよ」

心の底からそう思っているのがわかる口調だった。

違うと叫《さけ》びたいのに、喉がつかえて言葉が出てこない。

「無駄《むだ》に明るくて騒《さわ》がしい君に付き合ってる時間は……悪くなかったのにね」

メルディを見下ろす表情は、冴《さ》え冴《ざ》えとした冷たさに塗《まみ》れていた。

これまでずっと一緒《いっしょ》に過ごしていたジェイクとは、まるで違う人間と向き合っているような気分になる。

(こんなの、まるで)

黒幕王子ジェイクそのものじゃないか――。

魂《たましい》が恐怖で凍《こお》るようだった。

ゲーム中に見せた恐《おそ》ろしい態度や思考は、悪魔の影響《えいきょう》などないジェイク生来のものだとでもいうのだろうか。

そんなわけないと叫びたいのに、頭の中がぐちゃぐちゃで考えがまとまらない。

「君はずいぶんと演技派だね。すっかり騙《だま》されたよ。何にも知らないまっさらな女の子の振りをして、僕を誘惑しようとしてたってわけだ。自分で計画したの？　それとも、誰かに唆《そそのか》された？」

油断したら泣いてしまいそうで、メルディはきつく目を閉じたままどれも違うのだと言う代わりに激しく首を振る。

だから、ジェイクがメルディをじっと見下ろして何かを考えるように目を細めていることにも気付けなかった。

「何も言わないの？　その口は飾《かざ》りかな？」

問われても首を振ることしかできない。

長いため息が聞こえた。

「そう。じゃあお望み通り誘惑されてあげるよ。君、こうして欲しかったんでしょ？」

ゆっくりとジェイクの顔が近づいてくる。

メルディの唇《くちびる》にやわらかくてあたたかいものが押し当てられた。

近すぎて焦点《しょうてん》の合わない視界で、唯一《ゆいいつ》輝《かがや》いて見えた青がジェイクの瞳だと理解した瞬間《しゅんかん》、メルディはジェイクにキスされているのだとようやく理解する。

重なった唇が、一瞬だけ離れる。

「でん……っ」

殿下《でんか》、と言いたかったのに再び唇を塞《ふさ》がれた。

角度を変えながら何度もついばむようにキスをされ、勝手に息が上がる。

全身の毛が逆立つような痺《しび》れがこみ上げてくるのに、心はどんどん冷えていった。

（何、何されてるの！）

今すぐ両手でジェイクの身体を押しのけたいのに、後ろでしっかり摑《つか》んだ本を落とすわけにいかずに、せめてもの意地で唇は堅《かた》く引き結び続けた。

長いキスからようやく解放された時には膝《ひざ》が無様に震えていたが、メルディはなんとか耐《た》えきった。

「……へぇ、凄《すご》いね。悲鳴一つあげないなんて」

どこか感心したような口調のジェイクをメルディは睨《にら》み付けた。

異性とのキスは前世含《ふく》めてこれがはじめてだった。

「う……」

目頭《めがしら》が熱を持ち、盛り上がった涙《なみだ》で視界がぶれる。

他人と唇をあわせるだけの行為《こうい》といえばそれまでだ。

だが夢くらいは見ていた。

はじめてのキスは、好きな人とロマンチックなものにしたいと。なのに。

「そんな顔しないでよ。君が望んだことだろ」

ジェイクはメルディの反応を観察するように顔をのぞき込んでくる。

その平然とした態度にじわじわと怒《いか》りが湧《わ》く。

強引《ごういん》に唇を奪《うば》われるようなことをしてしまったのだろうかとメルディは必死に考えた。

この数日間、死にたくない一心でジェイクに絡《から》んでいたことは認めるが、嫌《いや》がらせでキスをされるほど鬱陶《うっとう》しがられているとは思わなかった。

ゲームの黒幕ぶりとは違い、なんだかんだと優《やさ》しいジェイクと過ごす時間が心地《ここち》いいとさえ思っていたのに。

はじめてのキスが、何の感情も伴《ともな》っていないことがひどく悲しくて胸が痛かった。

みんなで幸せになりたかっただけなのに、結局自分は踏《ふ》みにじられるのだ。

「……ひどい」

「何？　誘惑したかったのが先手を取られて怒《おこ》ってるの？」

「はじめて、だったのに」

「は？　初《う》心《ぶ》な演技も大概《たいがい》に……えっ？」

こらえきれず涙が滲《にじ》む。

泣き顔を見られたくなくて咄嗟《とっさ》に床《ゆか》に視線を落とせば、自分の涙がぼたぼたと床にシミを作るのが見えた。

「なんで……私はただ……死にたくなかっただけなのに……」

絶望と悲しみで指先から力が抜《ぬ》けて、悪魔召喚《あくましょうかん》の書が指先から離《はな》れ床に落ちる音がした。

取り繕《つくろ》う気力も残っていない。

そのまま本棚《ほんだな》を背中で撫《な》でるようにその場に座り込む。

ジェイクは未《いま》だにメルディの前に立ったままで何も言わないし、動く気配もない。

（このままひどいことされて、やっぱり殺されちゃうのかな）

ゲームではジェイクは悪魔の暇《ひま》つぶしに付き合って人を殺すほどの残忍《ざんにん》さを持っていた。

ルートによってはメルディ以外の生徒の命だって他愛《たわい》もなく奪っていた。

(殿下はいい人じゃなかったの？　やっぱりゲームでの姿が殿下の本性《ほんしょう》なの？)

殺されるかもしれないという恐怖《きょうふ》に身体《からだ》の芯《しん》が冷えたが、どうしてか逃《に》げる気力が湧かない。

ジェイクと過ごした短い日々で感じた楽しさが、全部自分に都合のいい妄想《もうそう》に思えてきて、虚《むな》しさが胸に押し寄せる。

(もう、どうでもいいかも)

投げやりな気持ちで床に落ちた黒い本に目を向ける。

見た目は何の変哲《へんてつ》もないそれが、これからこの世界を壊《こわ》すのだろう。

だが、ジェイクの綺麗《きれい》な手が摑んで持ち上げるのが眼《め》に入った瞬間、メルディは我《われ》に返った。闇《やみ》に堕《お》ちかけていた思考が一気に冷静になる。

「だめっ！」

必死に手を伸《の》ばすが、それよりも早くジェイクが本を摑んでしまう。

青い瞳《ひとみ》が何かを考えるようにきらめいていた。

「ああ……」

回避《かいひ》できたと思ったのに。

あの凄惨《せいさん》なゲームがスタートしてしまう。

恐怖に身体がすくむ。

ゲームの冒頭《ぼうとう》で死体として転がっていたメルディの姿が目に浮《う》かぶ。

でもそれ以上に、優しいジェイクが悪魔召喚の書に傾倒《けいとう》し、悪人になっていく未来が嫌でたまらなかった。

これまでの日々が演技だったとしても、メルディはジェイクに黒幕になって欲しくない。

「殿下、だめです。その本を開いちゃだめ。殿下が、死んじゃう」

気が付いた時には情けなくすがるような言葉が出ていた。

涙で濡《ぬ》れてみっともなく震《ふる》えた声は掠《かす》れている。

あの本を開いてしまえば、物語がはじまってしまう。

どんなエンディングが訪《おとず》れたとしても、ジェイクは死ぬか悪魔に身体を奪われてしまう。

「……メルディ、君は」

「私はどうなってもいいですから、おねがい。その本を捨ててください」

力の入らない身体を叱咤《しった》しながら、メルディはジェイクに手を伸ばした。

みっともなく床に足を投げ出したまま、しがみつくようにして彼の長い足に抱《だ》きつく。

「殿下」

視界の端を何かがかすめ、ドサリと乾《かわ》いた音がした。

ゆるゆると視線を向ければ先ほどまでジェイクが持っていた本が床に落ちている。

「え……？」

信じられない思いでメルディが何度も瞬《まばた》いていると、ジェイクの長いため息が頭上から降ってきた。

「君のおねがい通り本を捨てたよ。いい加減、そこにしがみつくのはやめてくれないか」

抑揚《よくよう》のない声に慌《あわ》てて手を離す。

支えをなくした身体は再び床に倒《たお》れかけるが、それよりも一拍《いっぱく》早くジェイクが身をかがめメルディの身体を抱きとめてくれた。

細身だとおもっていたジェイクの身体は思いのほかたくましく、メルディはすっぽりとその腕《うで》の中に収まってしまう。

「ごめんね」

耳朶《みみたぶ》のあたりを、あたたかな吐《と》息《いき》がくすぐった。

産毛《うぶげ》が逆立つような落ち着かなさが全身を駆《か》け抜け、聞こえた言葉の意味が頭に入ってこない。

「え、えと……殿下……？」

ジェイクの言葉に、少しだけ思考が動き出す。

わけがわからずに呼びかければ、メルディを抱く腕の力がわずかに緩《ゆる》む。

ようやく顔を上げることができた視界でとらえたジェイクは、どうしたことか満面の笑《え》みを浮かべていた。

「君はやっぱり僕の予想を軽く超《こ》えてくる」

「あの……？」

がっつりと抱きしめられた体勢でメルディは首を傾《かし》げる。

今の状況《じょうきょう》が一切《いっさい》頭に入ってこない。

「ねぇ？　どうしてあの本を持ってちゃだめか教えてくれない？」

表情と口調はやわらかかったが、瞳はまったく笑っていない。

一番聞かれたくない質問に、メルディは息を呑《の》んだ。

（まずい。どうしよう）

先ほどまでの己《おのれ》を振《ふ》り返り、メルディは冷や汗《あせ》を浮かべた。

発言も行動も何もかもがだめだと思う。

むしろジェイクの優秀《ゆうしゅう》さを考えれば、疑問に思わない方がどうかしている。

先ほどとは違《ちが》った意味での緊張《きんちょう》で全身がこわばった。

視線を左右に泳がせてみるが、ジェイクはそれを追うように身体を左右に揺《ゆ》らしてメルディの視線を独占《どくせん》する。

「最初から不思議だったんだ。あの隠《かく》し通路、知ってて使ってたよね」

「かっ、隠し通路って……」

「君が校舎に侵入《しんにゅう》した時に使った通路だよ。あれは王族しか存在を知らない特別なものだ。それをあんなに易々《やすやす》と使って……」

「ひ、いぃ」

どうやらメルディは出会ったその日からずっと疑われていたらしい。

冷静に考えれば、手伝いをさせられることになった流れなどわりと強引《ごういん》だった。全《すべ》てメルディを見張るためだったのだ。

「僕を誘惑《ゆうわく》するつもりなのかと思ったら、君は奇妙《きみょう》な行動ばかり……挙げ句の果てに本を捨てなきゃ僕が死ぬって？　いったい何を隠してるのさ」

探《さぐ》るような瞳がメルディをのぞき込んでくる。

少し小首を傾げるその表情はとても楽しそうだ。

「僕を籠絡《ろうらく》して王妃《おうひ》の座を狙《ねら》ってるのかと思ったのに、そうでもないようだし。さっきのキス、本当にはじめてなの？」

その問いかけにガクガクと頷《うなず》けば、ジェイクはなぜか満足げに目を細めた。

「僕、隠しごとされるのが嫌《きら》いなんだよね」

「ひっ」

「もっと凄《すご》いことされたくなかったら、全部話してくれる？」

まるで悪いことを思いついた子どものようなあどけない顔でジェイクが微笑《ほほえ》む。

その笑顔はゲーム中のスチルで見たどんなものよりも綺麗で、怖《こわ》く感じた。

「う、うう……」

勝てない。

本能で理解したメルディは、降参するように両手を上げながら自分の記憶《きおく》にまつわる話を打ち明けたのだった。


「へぇ……悪魔召喚《あくましょうかん》の書か。なるほどね」

床《ゆか》に落ちたままの本を見つめ、ジェイクはどこか無感動に呟《つぶや》く。

メルディはそんなジェイクの前でちんまりと正座をしていた。

てっきり興味津々《きょうみしんしん》で本を手に取るかと思った彼だが、なぜか本は手に取らずメルディの語る『はとる。』の話を黙《だま》って聞いていてくれた。

今更嘘《いまさらうそ》は通用しないだろうと、全てをまるっと打ち明けたのだ。

「で、君はそのゲームとやらで僕に殺される運命なわけだ」

「はい」

「死にたくないので学園に侵入したらうっかり僕に出会って、せっかくだから全員を救うために僕と悪魔召喚の書との出会いを潰《つぶ》そうとした、ってことであってる？」

「あってます」

「面白《おもしろ》いこと考えるね、君」

「うう」

全てを明瞭《めいりょう》に解説され、メルディは大きくうなだれる。

ジェイクは腕を組んで本棚《ほんだな》にもたれながら、メルディと本の間で視線を行ったり来たりさせていた。

その表情は何かを楽しんでいるようにうっすらと微笑んでいた。

「君、めちゃくちゃ変なこと言ってる自覚ある？」

「……あります。でも本当なんです」

「うーん」

何かを考え込むように首を傾げたジェイクが、困ったなぁと頭を掻《か》いた。

「君の話を信じたくはないんだけど、あの通路を知ってたことや、王族の秘密まで知ってるとなると、ねぇ」

メルディは話を信じて貰《もら》うため、自分が覚えている限りのゲーム設定を口にしていた。

その中には王族しか知り得ないものや、攻略《こうりゃく》キャラクターの個人データにまつわる話などさまざまなものがあった。

「どうも嘘を言っているようではないし……君が僕に殺される運命……かぁ」

ちらりとメルディを見るジェイクの瞳《ひとみ》には、嗜虐《しぎゃく》的な色が含《ふく》まれていた。

(もうだめ。はい死んだ。お父様、お母様、ごめんなさい)

ジェイクの意図はわからないが、ここまでさらけ出したのだ。きっと自分はただではすまないのだろう。

メルディは先立つ不孝をこの世界の両親に謝罪した。

「ほんと、面白いし、かわいい」

「え?」

ふわり、やわらかいものがメルディの頬《ほお》をかすめた。

それがジェイクの髪《かみ》だと気が付いた時には、再び彼の唇《くちびる》によってメルディの唇はしっかりと塞《ふさ》がれていて。

「!?」

最初のキスとは違い、触《ふ》れるだけの優《やさ》しいキスだ。

「な、なんで!」

「無理矢理《むりやり》キスしたお詫《わ》び。さすがにさっきのは初心者には刺激《しげき》が強すぎたかなって」

「今のも充分《じゅうぶん》に刺激的でしたよ!」

「そう? これくらい挨拶《あいさつ》だよ。これまで僕を誘惑してきた子はもっと凄いことをしてきたけどなぁ」

楽しそうに肩《かた》を揺らすジェイクを呆然《ぼうぜん》と見上げ、メルディは自分に何が起きているのかを必死に考える。

（さっきのキスだって意味不明なのに、今のはなんなの⁉）

頭の中は怒濤《どとう》の展開のせいで許容量を超えている。

本を見つけてからまだ一時間も経《た》っていないはずなのに、まる一日肉体労働をしたような疲労感《ひろうかん》だ。

許されるならこのまま気を失ってしまいたい。

「わけがわからないって顔だね」

「！」

心を読まれ目を見開けば、ジェイクが楽しげな笑い声を上げた。

「その顔、ほんと最高。君、本当に面白いよ」

「〜〜‼」

どうやらジェイクはメルディの反応を見るためだけにキスしたらしい。

乙女《おとめ》の純情をなんだと思っているのか。

怒《おこ》りたい気持ちでいっぱいだったが、混乱しているせいで感情がついてこない。

「いっぱいいいっぱいですって顔してるけどもう少し付き合ってね」

「！」

また心を読まれたとメルディが青ざめれば、ジェイクはさらに大きな声で笑った。

「君の話が全部本当だと仮定して、この本で悪魔召喚ができるっていうのはとっても魅力《みりょく》的だよね。楽しそうだし、僕の欲求にぴったりのアイテムだ」

懐《ふところ》から白いハンカチを取り出したジェイクは、床に落ちた黒い本を包み込むようにして抱《かか》え上げた。

ひっ、とメルディは息を呑《の》む。

「でも、君はこれを使って欲しくないんだよね」

「……はい」

問いかけに、慎重《しんちょう》に頷く。

その本が使われれば、否応《いやおう》なしに『はとる。』スタートだ。

全てを知ったメルディをジェイクがどうするかはわからないが、少なくとも凄惨《せいさん》な物語がはじまってしまう。主人公になりきってゲームをプレイするのとはわけが違《ちが》うのだ。

「わ、私。自分も死にたくないけど、他《ほか》に死ぬ人がいるのをわかってて知らないふりしたくないんです。それに、殿下《でんか》だって無事じゃすみません。そんなの嫌《いや》です」

恐怖《きょうふ》と緊張《きんちょう》と少しの悲しみで、声が震《ふる》えていた。

「君は、僕が不幸になるのが嫌なの？」

「嫌ですよ。嫌に決まってるじゃないですか」

ジェイクがわずかに目を瞠《みは》る。

「君は僕に殺される運命なんだろう？　僕が憎《にく》くないのかい？」

心底不思議そうに尋《たず》ねられ、メルディは少し迷いながらも首を振《ふ》った。

「怖いですけど、憎いとは思いません」

「……どうして？」

「だって今の殿下は私を殺そうとはしてないじゃないですか」

そう。あれはゲームの中での出来事であって、現実とは違う。

普通《ふつう》の人間として存在するジェイクに出会ったことで、メルディはそれを痛感していた。

ゲームの通りになる可能性への恐怖はあるが、だからといってジェイクを憎んだり恨《うら》んだりする気は一切《いっさい》無い。

（だって私はまだ殺されてないんだもの）

「殿下は私に優しくしてくれました。殿下は優秀《ゆうしゅう》で、優しくて……人のために何かができる人だとおもいました。チャッピーのことだってかわいがってくれた」

微笑《ほほえ》むジェイクに撫《な》でられ嬉《うれ》しそうに尻尾《しっぽ》を振っていたチャッピーを思い出す。

あれが演技だとは思えない。

「まだ起きてないことで、憎むことなんてできません」

だからどうか今のままのジェイクでいて欲しい。

そんな願いを込めながら、メルディは両手をぎゅっと握《にぎ》り合わせる。

「……本当に、君は変な子だね」

ふっ、とジェイクが破顔した。

その笑《え》みはこれまで見たどんな笑みよりもあどけなく、緊迫《きんぱく》した状況《じょうきょう》なのに心臓が変な音を立てる。

「ねえメルディ。僕と取り引きしない？」

「……取り引き、ですか」

急になんだとメルディが軽く身体《からだ》を引けば、同じ分だけジェイクが距離《きょり》を詰《つ》めてくる。

「もし、君が僕の遊び相手になってくれるならあの本のことは諦《あきら》めてあげる」

「…………………はい？」

「君も知ってのとおり、僕は人生に失望していてね。何をやっても面白くないし、未来に希望なんて欠片《かけら》も持ってないんだ。君に出会う前の僕なら、きっとためらいなくあの本を手に取ったと思うよ」

ごくり、とメルディは唾《つば》を飲み込んだ。

いったい何が起きているのか理解が追いつかない。

だが、この返答次第《しだい》で運命が変わる。

確信めいた予感に脈拍《みゃくはく》がぐんとあがった。

「でも、君みたいな面白《おもしろ》い子が傍《そば》にいてくれるなら人生もそんなに悪くないと思うんだよね。君はとってもエキセントリックで刺激的だし」

なんだかとても失礼なことを言われている気がすると思わず半目になったメルディだったが、熱に浮《う》かされたように語るジェイクの表情に反論の言葉をぐっと飲み込む。

人生に嫌気がさして悪魔《あくま》を呼ぼうとしていたジェイクが、自分を面白がることで慰《なぐさ》められるなら、寄り添《そ》ってあげたい。

そんな同情めいた気持ちが沸《わ》き起こってくる。

(あれかな。面白いものを観察するみたいな心境なのかも。ペット扱《あつか》い？)

ジェイクが犬より猫《ねこ》だと口にしていたことを思い出す。

メルディはジェイクにとっては偶然《ぐうぜん》拾った猫のようなものなのかもしれない。

「どうだい？」

問いかけてくる瞳《ひとみ》には、どこかこちらを試しているような色が滲《にじ》んで見えた。

悪魔に誘《さそ》われている。だが、断ったらもっと怖《こわ》い。

ごくりと大きく唾を飲み込むと、メルディはすっと背筋を伸《の》ばした。

「……わかりました。いいですよ」

「本当かい！」

ぱあっと音がしそうなほどに満面の笑みを浮かべたジェイクが、メルディの両手を包むように摑《つか》んできた。

新しい玩具《おもちゃ》を手に入れて喜ぶ子どものようなはしゃぎようだ。

「ええ。私でよろしければ。そのかわり、ぜったいあの本を使わないでくださいね！」

「もちろんだよ！　たのしみだなぁ」

どうやら本気で喜んでくれているらしい。

メルディの手を摑んでぶんぶんと勢いよく振り回して、頬を緩《ゆる》ませている。

「他に要求はない？　今なら待遇《たいぐう》の相談にのってあげられるけど」

まるで仕事の面接のような問いかけにメルディはうーんと考え込む。

ふと、先ほどジェイクにキスされた事実を思い出す。

指先でなぞった唇《くちびる》はすでに乾《かわ》いていたが、あの感触《かんしょく》は鮮烈《せんれつ》だ。

「さっきの……き、キスみたいなのはもうしないでください」

「なんで？」

「だいたい、なんであんなことしたんですか！　面白がらないでください」

「したかったからしただけだよ。逆になんでだめなの？　あれくらい挨拶《あいさつ》じゃない」

いけしゃあしゃあと本当に何でもないことのように言うジェイクに、メルディは反論の言葉を見つけられず、ぽかんと口を開けて固まってしまう。

(もしかして私のこと犬だと思ってる？)

信じられない思いで固まっていれば、再びジェイクが顔を寄せてキスをしていった。

触《ふ》れるだけの優《やさ》しい感触に、耳から首までが一気に熱を持ち、恥《は》ずかしさで頭が真っ白になる。

「他は？」

無邪気《むじゃき》なジェイクにメルディは深いため息を吐《は》き出した。

これはもう断れないと察し、白旗をあげた気分でキスについて抵抗《ていこう》するのを諦める。

ジェイクにとっては飼《か》い猫にキスをするようなものなのだろう、きっと。

「せめて……人前ではやめてください」

「えー」

「誰《だれ》かに見られたら問題ですよ！　身の程《ほど》知らずって排除《はいじょ》されます！」

「ああ。それは困るね。わかった、人前ではしない。二人きりの時だけね」

「……はぁ」

なんだかとんでもないことになった、と思いながら肩《かた》を落とす。

「それと……私も一応貴族令嬢《れいじょう》なのでずっと遊び相手ってわけにはいかないと思うんですよね。殿下も、いずれ結婚《けっこん》されるでしょうし」

「ああ、その点は心配しないで。そのときは遊び相手からはちゃんと解放してあげるから」

よかった、とメルディはジェイクの言葉に身体の力を抜《ぬ》いた。

ジェイクはともかく、王子の遊び相手になった自分にまともな縁談《えんだん》が来るかは考えたくないが、とりあえず約束の期日を作ってもらえた。

不安は大きいが、死ぬこと以外はかすり傷だ。きっとなんとかなる。

「たくさん遊ぼうね、メルディ」

無垢《むく》な笑みを浮かべるジェイクに毒気を抜かれながら、メルディも笑顔を返す。

とりあえずは死体役令嬢になるフラグは回避《かいひ》できたようだし、きっとこれで全部うまく行くはずだ。きっと。

「じゃあ、入学式が終わったらすぐ生徒会室に来てね」

「えっ？」

間抜けな声がこぼれた。

「君、春から生徒会役員決定だから。僕と遊ぶんだから当然だよね」

「えっ、えっ……えぇぇぇ！」

メルディの悲鳴が図書室に響《ひび》き渡《わた》ったのだった。

あまりの衝撃《しょうげき》で腰《こし》を抜かしたメルディを、ジェイクは家まで送り届けてくれた。

出迎《でむか》えに出てきたフロト家の面々は、王子であるジェイクの登場に腰を抜かすことになった。

やはり家族なのだなぁと変なところで感心してしまう。

(前世の記憶《きおく》を思い出しただけで、私は私だもんね)

大騒《おおさわ》ぎする家族の中で、唯一《ゆいいつ》いつもと変わらず元気だったのはチャッピーだけだ。

ジェイクとの再会に大喜びで尻尾を振《ふ》りまくって、全身で撫でて欲しいと訴《うった》えていた。

その姿に救われつつ、なぜか帰ろうとしないジェイクを応接間に案内する。

「メルディには僕の手伝いをして貰《もら》おうと思うんです」

さらりと告げられた言葉に、メルディは家族と一緒《いっしょ》に目を丸くして固まった。紅茶を飲んでいたら吹《ふ》き出してしまっていたかもしれない。

「娘《むすめ》は私が言うのもなんですが、とりたてて特別な能力があるわけでもなく……」

目に見えて狼狽《うろた》えている父の言葉にジェイクも一緒になって頷《うなず》く。

「そうですね」

(そうですね⁉)

「でも彼女には僕にはないものがたくさんあります。それは何物にも代えがたい彼女の素《す》晴《ば》らしい部分です。メルディにはぜひ、生徒会に入っていただければと思っているんですがどうでしょうか」

「……殿下《でんか》……」

なぜか胸がじんと痺《しび》れた。

それは父も一緒だったようで、なぜか目を潤《うる》ませながら大きく頷いている。

「ありがとうございます殿下！　メルディは思い込みが激しいところはありますが、真面《まじ》目《め》で努力家なんです。どうぞ娘をよろしくおねがいします」

「お父様……」

父の言葉にメルディは涙腺《るいせん》が緩むのを感じた。

まさかそんな風に思っていてくれたなんて。

「責任を持ってお預かりします」

「殿下……！」

感極《きわ》まった父はまた目を潤ませジェイクに頭を下げていた。

(嫁《よめ》入《い》り前の挨拶じゃないんだから)

頭の片隅《かたすみ》でそんなことを考えながらも、メルディは少しだけこれからの日々に期待を見いだしていた。

そのあと、ジェイクと両親は何やら話し込んでいたが、メルディは正直疲《つか》れ果てていたので部屋に下がって休ませてもらった。

結局そのまま寝落《ねお》ちしてしまい、目が覚めた時はすでにジェイクは帰ったあとだった。

両親からはくれぐれも殿下の機嫌《きげん》を損《そこ》ねず、誠心誠意お仕えするようにと言われた。

それはメルディも同じ気持ちだった。

(殿下に悪魔召喚《しょうかん》の書を使わせたりしないんだからね……!!)

無事に学園生活を乗り切る。

メルディはそう決意を固めたのだった。


そして迎《むか》えた入学式当日。

制服に身を包んだメルディは、晴れ渡った春の空を見上げ感慨深《かんがいぶか》げに目を細める。

本来ならばこの日はメルディの命日でもあった。

記憶を取り戻《もど》してからの一週間のめまぐるしさを噛《か》みしめながら、通い慣れてきた学園の中に足を踏《ふ》みいれた。

これまではほぼジェイクと二人きりだったが、今日は入学式ということもありたくさんの生徒であふれかえっている。

とはいえ、今日は新入生ばかりで上級生は限られた生徒しかいないはずだ。

それでこの人数ということは、本当に大きな学園なのだなとメルディは今更《いまさら》ながらに緊《きん》張《ちょう》してしまう。

ゲームでは背景に溶《と》け込んだモブとして描《えが》かれていた人々も、ちゃんと生きて動いているのが新鮮《しんせん》で、ここはやはり現実の世界なのだと実感させてくれた。

（すごい人。この中に、主人公たちもいるのかな）

思わずきょろきょろと辺りを見回してしまった。

(彼女は遅刻《ちこく》ギリギリで学園にやってくるから、まだここにはいないはず。いるとすれば、攻略《こうりゃく》対象たちなんだけど……)

『はとる。』の攻略キャラクターは全部で五人。

メインである二年生の伯爵《はくしゃく》令息。正義感が強く、学園で起きる不審《ふしん》な事件を解決したいと活動していた彼は、主人公と意気投合するのだ。

他《ほか》には、三年生のチャラ男系の優男、同級生の熱血体育会系、学園の勤務医。

そして、四人全員のルートを攻略したあとにだけ出会える、隠《かく》しキャラクター。

今日までは生きるか死ぬかで精一杯《せいいっぱい》だったので余裕《よゆう》がなかったが、メルディはこの『はとる。』の純粋《じゅんすい》なファンなのだ。

なお、前世のメルディはこのゲームに特定の推《お》しキャラクターはいなかった。

もともと、どのゲームも物語重視で楽しむタイプで、キャラクター同士の関係や恋愛《れんあい》要素に萌《も》えていたくらいだ。

そのため、キャラクターに個人的に関《かか》わりたいとは思わないが、ひと目くらいは見ておきたいというミーハーな心がどうにも抑《おさ》えきれない。

(式がはじまるまでもう少し時間があるし、ちょっとだけ)

ゲーム中に出てくるイベントの場所を見に行けばキャラクターに会えるかも。

そんな気持ちで歩き出そうとしたメルディの前に、不意に誰かが立ちはだかった。

「やあ」

聞き覚えのある声に、メルディの身体《からだ》がぎしりと固まる。

（まさか）

音がしそうな勢いで顔を上げれば、そこには満面の笑《え》みを浮《う》かべたジェイクがいて。

「おはようメルディ。制服、よく似合ってるよ」

周囲から歓声《かんせい》じみた悲鳴が上がった。

「で、で、殿下……！」

掠《かす》れた声で返事をするのが精一杯だった。

周囲からは「あの子、誰《だれ》」「どこの家の娘だ」「殿下とはどんな関係だ」と探《さぐ》るような声が上がっている。

当然だろう。ジェイクはこの国の宝とも言える完璧《かんぺき》王子様。新入生たちだって当然知っている存在だ。

平等を謳《うた》う学園に入れたとは言え、王族など雲の上の存在。関わることなどないとみんな思っているはずなのに、なぜメルディが話しかけられているのか疑問に思うのは自然の流れと言えよう。

（うう、目立ちたくないのに）

ジェイクは入学式で挨拶《あいさつ》をするため今日ここにいるのはわかっていたが、忙《いそが》しい身なので関わることはないと思っていたのに。

遊び相手になることは了承《りょうしょう》したが、表立って関わる勇気はない。

ジェイクとは顔を合わさずに過ごせばいいと思っていたのに話しかけられるなんて。

周囲からの刺《さ》さるような視線を感じ、泣きたい気持ちを押し殺しながらメルディは膝《ひざ》を折る。

「ごきげんよう、殿下」

「水くさいね。名前で呼んでよ。この学園では生徒は平等なんだし」

ひくっと口の端が引きつる。

何を言っているんだこの殿下は！　と内心では毒づきながらメルディはなんとか笑顔を作り出す。

「恐《おそ》れ多いことですわ。殿下は殿下ですし」

「ふうん？」

すっとジェイクの目が細まったのがわかった。そのままゆっくりと顔が近づいてくる。

「……人前でキスされたい？」

（ひっっ!!）

図書室でキスされた時のことを思い出し、メルディはギクッと身体を硬《かた》くさせる。

もしこんな公衆の面前でそんなことをされたら。

想像するだけで血の気が引いていく。

「ジェ、ジェイク様……お戯《たわむ》れが過ぎます」

半分泣きそうになりながら名前を呼べば、ジェイクが満足げに微笑《ほほえ》みうんうんと大きく頷いた。

「よくできました」

周囲から黄色い悲鳴が上がる。

みんながジェイクの笑顔に見惚《みと》れているのだ。

(騙《だま》されないで！　この人、超絶《ちようぜつ》腹黒なんですよ!!)

叫《さけ》び出したい気持ちをぐっと押し殺し、メルディはとにかくこの場を離《はな》れようとジェイクに背を向けようとした。

「入学式が終わって荷物を片付けたら生徒会室に来てね。役員の説明をしたいから」

生徒たちの黄色い悲鳴がどよめきに変わる。

ようやく周囲の視線がジェイクに戻っていたというのに、再びメルディに注目が集まってしまった。

「で、殿下《でんか》……」

「名前」

「ジェイク様……それは」

「君は入試の成績も優秀《ゆうしゅう》だったし、とってもいい着眼点を持っているからね。この前庭の改装でも素晴《すば》らしい意見を聞かせてくれたし、これからもよろしく頼《たの》むよ。君のような斬《ざん》新《しん》な視点は我が生徒会には必要だ」

高らかにはっきりと告げたジェイクの言葉に、周りがしんと静まりかえる。

数秒の間を置いて、わぁっと歓声が上がった。

「さすがは殿下だ。身分ではなく、才能で人を見られている」

「羨《うらや》ましいですわ。でも殿下が認めたということはきっと素晴らしい方なのでしょうね」

さっきまでメルディに敵意を向けていた生徒たちが手のひらを返したのがわかった。

ジェイクが表立って認めた生徒を貶《おとし》めるわけにはいかないという空気を感じる。

これぞ完璧王子のなせる業《わざ》なのかもしれない。

もうこれでジェイクとの交流は隠せるものではなくなった。

この場にいるのはほぼ新入生だが、明日には在校生に知れ渡《わた》ってしまうことだろう。

死亡フラグは回避《かいひ》されたが、平穏《へいおん》な学園生活はもう戻ってこない。

(うう……どうしてこんなことに)

涙目《なみだめ》のメルディは、憧《あこが》れだったはずの学び舎《や》を見上げたのだった。

第三章　はじまりました学園生活

「ごきげんよう。私はアマリリス・ライム」

ふわりと微笑むのはやわらかそうなピンク色の髪《かみ》をしたかわいらしい少女だ。

（あ、アマリリスだ〜〜!!）

彼女こそが『贄嫁《おとめ》は悪魔《あくま》と踊《おど》る。』の主人公、アマリリスだった。

入学式のあと、振《ふ》り分けられた学生寮《りょう》の部屋に入ったメルディを出迎《でむか》えてくれたのだ。

「はじめまして。私はメルディ・フロトです。どうぞよろしくおねがいします！」

深々と頭を下げれば、アマリリスは一瞬《いっしゅん》だけ目を丸くしたものの、すぐに優《やさ》しい笑みを浮かべた。

「メルディさんね。同い年なんだし、そんなに緊張《きんちょう》しないで」

穏《おだ》やかな口調と甘い声。これは出会った男子がみんな好きになってしまうのも納得《なっとく》のかわいさだ。

同性のメルディもなんだかどきどきしてきてしまう。

「私は右側のベッドを使わせて貰《もら》ったんだけど、よかったかしら」

「ええ！　もちろん」

部屋の中には左右の壁《かべ》に備え付けられたベッドがあり、その横には学習机とクローゼットがある。

さすがは名門といったところで、部屋の中は広いし、ベッドや机などの備え付けの家具は、メルディが実家で使っていた物と遜色《そんしょく》がない。

むしろちょっと高級な気がする。

右側のベッドにはアマリリスの言葉通り、すでに荷ほどきされた荷物が広がっていた。

（うーん、ゲーム通り）

この場面はゲームでも何度も見た。入学式を終え、荷ほどきをしている最中に同室の少女メルディがやってくる。

そして他愛《たわい》のない話をしてアマリリスはメルディに対し「この子となら仲良くなれそう」という感想を抱《いだ》くのだ。

その後、夕食までメルディと一緒《いっしょ》に過ごしたアマリリスだったが、なぜか不思議な少年に足止めされ部屋に戻《もど》るのが遅《おそ》くなってしまう。

消灯時間が近いと慌《あわ》てて部屋に戻ってくると、そこには……。

（私の惨殺《ざんさつ》死体が転がってる、ってのが物語のスタートなのよね）

確実にトラウマ案件だ。よく休学しなかったな、とアマリリスの主人公ならではのタフさに少し感心してしまう。

「メルディさん？」

ゲームの出来事に思いを馳《は》せてぼんやりとしていると、不思議そうに首を傾《かし》げているアマリリスに声をかけられた。

「あ、ごめんなさい。ちょっと緊張してて」

「ふふ。わかるわ。今日が初日だものね」

にこにことしているアマリリスは本当にいい子なのが伝わってくる。

ゲーム中のメルディはアマリリスと交流を深めるチャンスはなかったけれど、死なない今は違《ちが》う。いい友達になれるかもという期待が胸を満たす。

「そうそう。メルディさんはジェイク殿下と親しくされているのよね。びっくりしたわ」

「ごふ！」

突然《とつぜん》ジェイクの名前を出され、メルディはむせてしまった。

せっかく忘れかけていたのに先ほどのやりとりがありありと思い出され、頭が痛い。

「し、親しくというか、ちょっと御縁《ごえん》があって気にかけていただいているというか」

まさか脅《おど》されて遊び相手認定《にんてい》されていますとは言い出せず、メルディは頬《ほお》を引きつらせながらしどろもどろに答えていれば、アマリリスがふーんと大きな目をぱちくりとさせる。

「そうなの？　みんな噂《うわさ》してたわよ。あのジェイク殿下が特定の生徒を褒《ほ》めたり気にかけたりするのははじめてだって」

（ひ――！）

心の中で思い切り悲鳴を上げ、メルディはその場に突《つ》っ伏《ぷ》したくなった。

「殿下は相手の立場で態度を変える方ではないけど、同時にどなたとも親しくすることはないって有名なんですって。だから生徒会に入るのはなかなか難しいのに、メルディさんは入学式で声をかけられていたでしょう？　凄《すご》いなって」

「は、はは……」

「生徒会の役目は大変だって聞くけど、どうか頑張《がんば》ってね」

優しく励《はげ》ましてくれるアマリリスからは悪意の類《たぐ》いは一切《いっさい》感じない。

本当に心からメルディのことを励ましてくれているし、ジェイクの善良さだって信じているのだろう。

（つらい）

メルディは乾《かわ》いた笑いを零《こぼ》しながら、のろのろと自分のクローゼットに荷物をしまったのだった。

プリゾン学園の生徒会は、教師と同格で時にそれ以上の決定権を持つ組織だ。

そもそも生徒の殆《ほとん》どが国内の有力貴族の子息たちなのだから当然だろう。

片や、教師は貴族だけではなく優秀な庶民《しょみん》なども交じっているため、その力関係はかなり複雑なバランスで保たれている。

学園は平等を主義に掲《かか》げているが、貴族生まれの生徒の中には庶民出身の教師に対し反《はん》抗《こう》的な態度を取る者もいる。

そういった生徒の横暴を抑《おさ》えるため、生徒会長は選挙などではなく、学年を問わずその時在籍《ざいせき》している最も位の高い貴族の生徒がなるという慣例があった。

今で言えばジェイクだ。

だがジェイクは昨年までは生徒会長ではなかった。

いくら王族とは言え、下級生が生徒会長になるのは順番がおかしいと主張してずっと副会長の地位に就《つ》いていたのだ。

生徒たちはそんなジェイクの謙虚《けんきょ》な態度に感動し、尊敬を集めている。

だがメルディは知っている。

ジェイクがなぜ生徒会長にならなかったのかを。

（自分が矢面《やおもて》に立つよりも、御輿《みこし》を担《かつ》いで裏から操《あやつ》る方が都合がいいって考えたのよね）

これはゲーム中で明言されている事実だ。

それ故《ゆえ》、前生徒会長はあまり評判がよろしくない。

ジェイクは、いずれ自分が生徒会長になったときに過ごしやすくするために、前生徒会長を使ってわりと強引《ごういん》な改革をしていたから。

(悪魔の影響《えいきょう》がなくてもジェイク様がわりと怖《こわ》い人なのは事実なのよね)

あの日、図書室で追い詰《つ》められたときは本気で怖かった。

ゲーム中のジェイクとは違った意味で迫力《はくりょく》があったし、キスまでされてしまったし。

「うう……気が重い」

呟《つぶや》いた声は、無駄《むだ》に広く長い廊下《ろうか》に無情にも消えていく。

生徒会室は校舎の最上階にあり、しかも長い長い廊下の奥にある。

どうしてそんな場所にと聞きたくなりながら歩みを進めていく。

重厚《じゅうこう》そうな大きな扉《とびら》が目の前に現れた。扉に掲げられたプレートにはしっかり「生徒会室」と書かれている。

目をこすってみるが幻覚《げんかく》ではないらしい。

意を決してノックすれば、中から聞き覚えのある声が「どうぞ」と返事をしてくれた。

「失礼します」

「やあ、遅かったね」

「……」

思わず回れ右したくなったがぐっとこらえ、メルディは室内に入った。

生徒会室はメルディたちが割り当てられた寮の部屋よりもかなり広く、立派な調度品にあふれている。

ソファなど、これまで見たことがないような高級品なのがひと目でわかった。

（帰りたい）

心の底からそう思いながら、メルディは促《うなが》されるままにソファの端《はじ》っこに座る。

「さて、これからのことを打ち合わせておこうか」

「その前に、一つ言いたいことがあるんですけど」

「なんだい？」

メルディはじとっとした目でジェイクを見つめた。

さすがに今後のこともあるので一言物申しておかないと気が済まない。

「人前で絡《から》むのはやめてください！　殿下《でんか》は自分が有名だという自覚はないんですか！」

「あるよ」

「なっ……」

「だから人前で君に声をかけたんだよ。聴衆《ちょうしゅう》の前で堂々と関《かか》われば、君は僕が認めた生徒だ、って肩書《かたが》きが付くじゃないか」

「うぐっ」

超《ちょう》の付く正論にメルディは言葉を詰まらせる。

確かにあの場のやりとりのおかげで、メルディは正式にジェイクに認められた生徒と周知されたことだろう。これで表立ってメルディを攻撃《こうげき》すれば、ジェイクの選択《せんたく》にも異を唱えることになる。

結果としてメルディはジェイクに守られたことになるだろう。

「他《ほか》に言いたいことは？」

「……ないです」

悔《くや》しさに唇《くちびる》を噛《か》めば、ジェイクが楽しげに笑う。手のひらで顔を覆《おお》い肩《かた》を震《ふる》わせている。

「君は本当に……」

ジェイクが何かを呟いたが、はっきりと聞き取れない。

「まあとにかく、これで君は正式に生徒会メンバーだ。よろしくね」

「……はい」

今更《いまさら》逆らう気持ちも起きずにメルディはがくりと肩を落とす。

ここまでくればもう自棄《やけ》だ。どうせやるならしっかり取り組んだ方がいいことくらいはわかる。

メルディはジェイクに向かってぺこりと頭を下げる。

「ふつつかものですが、どうぞよろしくおねがいします」

「………………うん」

なぜか妙《みょう》な間があった気がするが、なんとなく追及《ついきゅう》するのがはばかられてメルディはきゅっと口を閉じる。

「さて、じゃあ生徒会の仕事について説明するね」

そう言いながらジェイクはメルディに書類を差し出した。綺麗《きれい》な文字でざっくりと生徒会の役割について書き出されている。

「そこに書いてあるとおり、役員の仕事は大きく分けて三つ。頻度《ひんど》が多い順に言うと、生徒からの相談ごと、学園側と生徒の橋渡《はしわた》し、学園行事の運営、かな」

「行事が一番じゃないんですね？」

「うん。行事は外注も多いし、生徒たちが主導するから僕たちは完全に裏方かつ調整役。学園側と生徒の橋渡しはことが起きれば大変だけど、そうそう何か起きることもないし」

「なるほど」

ふんふんと頷《うなず》きながらメルディは手元の資料を読み込んでいく。

学生の本分は勉強なので、活動は主に授業のあと。課外活動などで先生の手伝いをする場合は、それに応じて単位や課題が免除《めんじょ》されるらしい。

最初は面倒《めんどう》だったしジェイクの傍《そば》で動くことに不安はあったが、わりと良い条件かもしれないとメルディは少しだけ胸が躍《おど》るのを感じていた。

「あとは細々とした事務作業かな」

ジェイクが指さしたのは、生徒会室の奥にある机の上に積み上げられた書類だ。

思わずうわっと声が出てしまう。

「あれは前年度の資料なんだけど、人手不足のせいで整理が追いついてなくてね。君にはあれを整理しつつ僕の仕事を手伝ってもらえると助かるかな」

さらりと言われたが、わりと重労働ではないだろうか。

「今日は入学式で疲《つか》れてるだろうから、仕事は明日からでいいよ」

つまり、明日から来いってことね、とメルディは空を仰《あお》ぎたくなった。

(たぶん、どう抗《あらが》っても無駄なんだろうな)

ジェイクには何があっても勝てる気がしない。

(それに)

ちらりと盗《ぬす》み見たジェイクの表情は楽しそうで、それ以上の感情を読み取ることはできない。メルディのことを都合のいい玩具《おもちゃ》と思っているのはもちろんだが、他にも何か考えているような気がする。

(でも、私が殿下に従っている間はあの本を使わないって約束してくれたわけだし)

悪魔召喚《あくましょうかん》の書はジェイクの管理下にある。ゲームの中で、ジェイクがあの本とどんな契《けい》約《やく》をしたかの詳細《しょうさい》な描写《びょうしゃ》はないが、少なくとも直接手に取ったり開いたりしない限りは大《だい》丈夫《じょうぶ》だと思いたい。

「……頑張《がんば》ります」

「ふふ。よろしくね」

何が楽しいのか目を細めて笑うジェイクに、メルディはこっそりとため息を零《こぼ》した。

「あ、そういえば君の同室になったのが例の子なんだ？」

「っ……！」

ジェイクの言葉にびくりと身体《からだ》が震える。

例の子、とは間違《まちが》いなくアマリリスのことだ。

「そう、です……」

「ふーん……遠くからしか見てないけど、本当に僕が彼女を……」

「アマリリスに会ったんですか！」

「わ！」

たまらず、メルディはジェイクに向かって身を乗り出していた。

ジェイクがその綺麗な目を丸くして、メルディを見つめている。

「何もなかったですよね？　大丈夫ですよね？」

声が震えてしまっていた。

アマリリスは悪魔召喚の書が選んだ『生贄《いけにえ》の乙女《おとめ》』なのだ。

悪魔はアマリリスの魂《たましい》に執着《しゅうちゃく》しており、ほしいと強く願っている。

だからジェイクにアマリリスの魂と引き換《か》えに、どんな願いも叶《かな》えるという条件を提示するのだ。

「君が心配するようなことは何も起きてないよ」

「そう、ですよね……」

ほっと息を吐《は》きながらメルディはソファに座り直す。

心臓が痛いほどに脈打っていた。

もしジェイクがアマリリスを見たことでゲームがはじまってしまったら。

その不安で胸がいっぱいになっていた。

(悪魔召喚の書は開かなければ大丈夫のはずだけど、絶対とは言い切れない)

ジェイクが悪魔と契約して、人を殺してしまう。

そんなことはさせたくない。

彼の手が血に汚《よご》れてしまう未来を想像するだけで息が苦しくなる。

「僕は君を殺したりしないよ」

「え……?」

とても優《やさ》しい声に弾《はじ》かれたように顔を上げれば、ジェイクがメルディを見つめていた。

青い瞳《ひとみ》が透《す》き通っていて、その美しさに別の意味で息が止まりそうになる。

「違うんです。そうじゃなくて……ジェイク様に何ごともなくて良かったなって……」

口にしながら、メルディは自分の思考に驚《おどろ》きつつ思わず俯《うつむ》いてしまう。

死ぬのが嫌《いや》で頑張っていたはずなのに、今のメルディはジェイクのことだけを案じていたのだ。

(なんで、私……)

混乱していると、なぜかジェイクがわずかに咳《せ》き込む。

「ジェイク様?」

「……いや、うん……なんでもないよ、ちょっとむせただけ」

ほんのりと頬《ほお》を赤くしたジェイクが、メルディから視線を逸《そ》らしていた。

そんな姿ですら美しくて様になるなぁとちょっと見惚《みと》れてしまう。

「と、とにかくなんでもないようでしたらよかったです。アマリリスはいい子なので、今度紹介《しょうかい》させてくださいね」

動揺《どうよう》を気取られないように明るい声を出せば、ジェイクもああ、と返事をしてくれたのだった。


翌日。

無事に新入生として学園に足を踏《ふ》みいれたメルディを待っていたのは、数多《あまた》の生徒からの好奇《こうき》の視線だった。

ジェイクに気に入られたというだけでここまでとは、とちょっと気が遠くなりかける。

(でも大丈夫！　なんてったって私は生きている!!)

そう。本来ならばメルディはこのタイミングですでに死亡している。

しかし死亡フラグは無事に回避《かいひ》され、メルディは晴れて新入生として授業を受けることができるのだ。

(死ぬこと以外はかすり傷よ。多少周りからの視線が痛くたって楽しんでみせる!!)

昨日、散々ジェイクに引っかき回されたおかげでかなり耐性《たいせい》が付いてきた。

メルディはやはりというかアマリリスと同じクラスになった。

担任はもちろんマルタだった。

マルタは、メルディに気が付くと悪戯《いたずら》っぽい笑《え》みを浮《う》かべ片目をつむって見せてくれた。

授業はゲームで体験したのと殆《ほとん》ど同じだが、机に座って生で受けると新鮮《しんせん》さが違う。

何よりゲームのプレイヤーとしてではなく、メルディという人間として受けられるのだから楽しいことこの上ない。

つつがなく授業を終えたメルディは、早足で生徒会室に向かった。

(遅《おそ》くなったら殿下《でんか》にまた何か言われちゃう)

昨日も通った道を早足で進み、生徒会室の扉《とびら》をノックすれば「はい」という涼《すず》やかな声が返事をしてくれた。

（あれ？　殿下じゃない）

声の主は明らかに女性だ。

緊張《きんちょう》しながら扉を開けて中に入れば、制服姿の女生徒が一人で机に向かっていた。きっちりと髪《かみ》を結《ゆ》い上げ、眼鏡《めがね》をかけた彼女はメルディをちらりとみると「ああ」と何かに納《なっ》得《とく》したような声を上げる。

「あなたが新しい生徒会役員の子ですね。殿下からお話は聞いております。私は二年生のアン・ハグリックです」

「はじめまして、メルディ・フロトと申します」

当たり前だが生徒会にはジェイク以外にも役員がいるのだ。

アンと名乗った女生徒はゲームに登場していた記《き》憶《おく》は無いが、ジェイクが認めて役員をしているのならばきっと優秀《ゆうしゅう》な人物なのだろう。

「ハグリック先輩《せんぱい》。私、ジェ……殿下に書類整理をするようにと言われていて」

「私のことはアンと呼んでちょうだい。家名はあまり好きではないの」

生徒会はジェイクとアン、それとあと数名の役員がいるだけだという。全員が揃《そろ》うことはあまりなく、それぞれが与《あた》えられた仕事を各々《おのおの》こなしているのだと説明してくれた。

アンは比較的《ひかくてき》生徒会室で仕事をすることが多く、これからも頻繁《ひんぱん》に顔をあわせるだろうと挨拶《あいさつ》された。

「書類はそこに積んであるわ。昨年度の全部がたまってるから、少し多いけど、項目《こうもく》ごとに分けて日付ごとに並び替《か》えてくれるだけでいいから。終わったらあの箱に入れておいて」

何でもないことのように告げたアンは、すぐに自分の手元に視線を戻《もど》していた。

先ほどから、ずっとペンを走らせているのを見ると彼女も何か仕事中なのだろう。

生徒会が人手不足というのは本当らしい。

「わかりました」

「よろしくね」

少々口調は冷たいが悪意の類《たぐ》いは感じない。アンは真面目《まじめ》で冷静な人のようだ。

メルディは指示されたとおり書類の山に近づく。

両手にふた抱《かか》えほどある書類は多いが、そんなに脅威《きょうい》には感じなかった。

(前世で働いてた時にくらべたら少ないくらいかも)

なにせメルディは前世で社会人として働いた経験があった。事務方だったこともあり、この手の書類整理は得意中の得意だ。

「よし！」

腕《うで》まくりするジェスチャーをしながら、メルディは気合いを入れたのだった。

「……ディ、メルディ」

「え⁉」

誰《だれ》かに呼ばれていることに気が付いて、メルディははっと顔を上げる。

「わ、ジェイク様！」

いつからそこにいたのか、すぐ傍《そば》にジェイクの顔があり、思わずうわずった声が出てしまう。

対するジェイクはどこか呆《あき》れた様子でメルディの手元を見ていた。

「何度呼んでも返事がないから何ごとかと思ったら……君、もしかしてこれ全部やったの？」

「え……？」

ジェイクが指さしているのは書類の山だったものだ。

あとはそれぞれ日付順に並び替えてしまえばいいだけの状態まで終わっていた。

窓の外に目をやれば、生徒会室に来た時はまだ明るかった外は、すでに夕焼け色に染まっていた。

ずいぶんと集中していたようだ。

「全部……というか、まだ終わってなくてすみません」

もしかして期待を裏切ってしまっただろうかと眉《まゆ》を下げれば、ジェイクがどこか慌《あわ》てた様子で「ちがうんだ」と口にした。

「まさか、今日だけでここまで終わるなんて」

「え……？」

何を言われているかわからず瞬《まばた》けば、ジェイクが前髪《まえがみ》をかきあげる。

「あのね。これは昨年一年分の資料なの。一人で全部……しかもほぼ一日で終わらせるなんて普通《ふつう》無理なんだよ」

「え、えぇ……？」

たしかに量は多かったが、内容としてそんなに大変なものではないと思ったのが正直なところだ。

驚かれるとは思わず困惑《こんわく》していれば、困り顔だったジェイクが小さく吹《ふ》き出した。

「君は本当に面白《おもしろ》いね……僕はてっきり……」

ジェイクはなぜかそこで言葉を途切《とぎ》れさせてしまった。

「いや、なんでもない」

「なんですか、それ」

はっきりしない答えに唇《くちびる》を尖《とが》らせれば、ジェイクがふうとため息を吐《つ》く。

「とにかく、初日からそんなに頑張《がんば》らないでいいよ」

「はぁ……あれ？　アン先輩は？」

「先に帰ってもらったよ。初日なのにずっと作業してた君のことを心配してたから、次に会ったときは挨拶してあげて」

集中しすぎていたせいで、挨拶もできなかった。

申し訳なさにしょぼんとしていると、ジェイクが慰《なぐさ》めるように肩《かた》を叩《たた》いてくれる。

「気にしなくていいよ。彼女はわりとさっぱりしてるから。しかし凄《すご》いね君。これも前世の記憶の力？」

「そんなところです。前世では普通に仕事をしていたので、その時の経験のおかげですね」

軽く力こぶを作って見せれば、ジェイクが一瞬《いっしゅん》まぶしそうに瞬《まばた》きをした。

ゲームの知識を披露《ひろう》する時、ついでに前世の記憶についても説明しておいたので、また面白いとか思われているのだろう。

「……前世ではさ」

「はい？」

「君はどれくらい生きたの？」

「え、ええと……」

正直、そのあたりの記憶は曖昧《あいまい》だ。

転生したということは死んだことに間違《まちが》いないのだろうが、どうやって死んだのか、いつ死んだのか、ということはまったく思い出せない。

「二十歳過ぎくらいまでのことは覚えているんですけど……あとのことはちょっと」

「二十……じゃあ、あちらではもう結婚《けっこん》を？」

「まさか！　彼氏だっていたことないですよ！」

答えてから急に恥《は》ずかしくなる。

まったく異性に縁《えん》がなかったことを堂々と暴露《ばくろ》してどうするのか。

いたたまれなくなって書類整理に戻ろうとした瞬間、ジェイクに腕を摑《つか》まれた。

「じゃあ、僕とのキスが君にとってのはじめて、ってことでいいのかな」

「〜〜〜〜！」

なんてことを言うのかこの王子は。

「な、な……！」

恥ずかしさで耳まで熱くなってきて、メルディは目を見開いて硬直《こうちょく》した。

じわっと近づいてくるジェイクの顔にまたキスされるのかとぎゅっと目をつぶれば「ふっ」と小さな笑い声が頭上から降ってきた。

うっすら目を開ければ、そこには肩を揺《ゆ》らして笑っているジェイクがいて。

「ひ、ひど……!!」

遊ばれたと咄嗟《とっさ》に理解する。

「いや、君があまりに面白い顔をしてるから。ごめんね」

涙《なみだ》まで浮《う》かべて笑うジェイクは、どうみても普通の青年だった。

恥ずかしさと悔《くや》しさと同時に、メルディはこんな普通の学園生活が続けばいいのにという思いに駆《か》られたのだった。


面白い。

それが目の前の少女にはじめて抱《いだ》いた感情だった。

王子として生を受けたジェイクにとって日常は拷問《ごうもん》にも等しいほどに退屈《たいくつ》なものだった。

何をしても心臓は熱を持たず、脳髄《のうずい》がはじけるような刺激《しげき》を感じることもない。

あらゆる学問を修めても知る喜びはほんの一瞬で、あっという間に全《すべ》てが自分の思うがままになってしまうことに飽《あ》き飽きしていた。

周囲はジェイクという完璧《かんぺき》な王子の虚像《きょぞう》に心酔《しんすい》し、何をしてもただ褒《ほ》めるだけ。

何をしても無感動でつまらない。

幼い頃《ころ》は両親にそれなりの情はあったが、いつの間にかそれも消えてしまった。

『ダニエルは病弱なの』

それが母である王妃《おうひ》の口癖《くちぐせ》だ。

弟である第二王子のダニエルは、ジェイクとは正反対の弱々しい存在だった。病がちで歩いている時間よりもベッドで過ごす時間の方が長く、いつだって泣きそうな顔をしていた。

そんなダニエルを両親はとにかくかわいがった。

長く生きられないという医者の言葉を信じて、不憫《ふびん》がっては何でも与《あた》えていた。

ダニエルが暮らす離宮《りきゅう》には、国内外の珍《めずら》しい植物が植えられ、たくさんの動物たちが囲われている。

一生どこにも行けないダニエルに、世界を見せたいという愛情のたまものらしい。

かわいそうなダニエルは、王子としての役目を与えられることもなく、表舞台《おもてぶたい》に立つこともない。

国民どころか貴族ですら、ダニエルの顔を見る機会はこの先もないだろう。

『ジェイクは我が国の誇《ほこ》りだ』

そう口にする父である国王は、ジェイクの才能に甘えすっかり腑《ふ》抜《ぬ》けていた。

今はまだ政《まつりごと》を担《にな》ってくれているが、ジェイクが成人したら全てこちらに背負わせるつもりなのが伝わってくる。

ジェイクさえいれば、国の未来はなんとかなると信じ切っているのだ。

いっそ、完全な無能であってくれればよかったのにとさえ思う。

(馬鹿《ばか》らしい)

べつにダニエルが憎《にく》いと思ったことはない。

それなりの情はあるし、病で苦しむ姿は痛々しい。

どうして不完全であるダニエルに対して、両親が必死になるのかがわからないだけだ。

ジェイクがいるからと全てを投げ出す気持ちもわからなかった。

(いっそ、国ごと緩《ゆる》やかに殺してしまおうか)

本気になれば、この国をもっと躍進《やくしん》させることもできるし、また壊《こわ》すことも容易《たやす》い。

全てを無にして、そこからなんの無駄《むだ》もない完璧な世界を作るのもいいかもしれない。

そんな妄執《もうしゅう》を抱くようになったのはいつからだろうか。

完璧で優秀《ゆうしゅう》な王子の仮面を被《かぶ》った冷酷《れいこく》な男。

それがジェイクだった。

貴族の子どもたちが集《つど》う学園に入学したことで、そんな考えはますます強くなった。

自らに与えられたものになんの疑問も持たず、ぬるま湯のような生活を甘受する同窓生たちは人形のようにしか見えない。

尊敬の眼差《まなざ》しも、媚《こ》びるような目線も、何もかもがわずらわしかった。

あわよくばという考えで近寄ってくる女性たちには嫌悪《けんお》感《かん》すら抱いていた。

彼女たちの目当ては、ジェイク個人では無く、王子という地位やこの見た目だけだとわかっていた。だれもジェイク自身に目を向けようとはしない。

いっそ、大きな事件でも起こしてやろうか。

そんな鬱屈《うっくつ》した気持ちを抱《かか》えていた。

最終学年になったことで、これまでは回避《かいひ》していた生徒会長の座に就《つ》くことになった時は、立場を利用して散々好き勝手にやってやろうと思ったくらいだ。

なのに、あの日、ジェイクは運命に出会ってしまった。


「なんだ？」

春休みを利用して生徒会の仕事を片付けに来ていたジェイクは、庭に見慣れぬ影《かげ》を見つけ、目を細めた。

それは一人の少女だった。傍《そば》にはメイドが一人仕えている。

まだ制服も着ていないし、顔にも見覚えがない。

生徒でないことは間違いないはずなのに、彼女はまるでこの学園の地図が頭に入っているようにしっかりとした足取りで歩いていた。

その姿が気になってずっと目で追っていれば、なんと少女は連れのメイドを遠ざけてしまったのだ。

貴族令嬢《れいじょう》が進んで一人になるという奇抜《きばつ》な行為《こうい》に思わず目を奪《うば》われた。

一人になった少女は中庭で何やら怪《あや》しげな動きをはじめる。

その場所に妙《みょう》な既視感《きしかん》を覚えたジェイクは少しだけ考え込む。

(秘密の通路)

王族かそれと同等の位を持つ貴族だけが知る、学園内に点在する秘密の抜《ぬ》け穴《あな》。

(有事の際に、権力者を逃《に》がすための隠《かく》し通路を、なぜあんな小娘《こむすめ》が知っている?)

ぞくりと首筋が震《ふる》えた。

未知の感覚に心が躍《おど》る。

思わず足が動いていた。

彼女が入っていった通路の到着《とうちゃく》地点にかけつけ、姿を隠し息をひそめる。

本当にここに来るのだろうかと期待で心臓が脈打った。

自分の心臓がそこに存在しているのをはじめて知った気がする。

そして、彼女は本当に現れた。

おそらくは貴族の娘《むすめ》で間違いないだろう。育ちの良さを感じさせる姿は少しあどけない空気をまとっており、どうしてか目が離《はな》せない。

際立《きわだ》った美しさはないが、大きな瞳《ひとみ》で周囲をきょろきょろと見回す姿は小動物のように愛らしいと思えた。

もし涙を流したら、どんなに綺麗《きれい》だろうか、と。

「あなたは……！」

ジェイクに気が付いた彼女が、大きく目を見開いた。

驚愕《きょうがく》と少しの怯《おび》えが混じった視線には一切《いっさい》の媚《こび》はない。

完璧な王子という仮面を被ったジェイクの素顔《すがお》を見透《みす》かしているような、不思議な視線になぜか落ち着かない気分になる。

ジェイクを目の前にした女性は、みんな欲望にぎらついた視線を向けてくる。

熱を孕《はら》んだ視線はいつも不快だった。

しかし、彼女の視線はそんなものとはまったく正反対だ。

心地《ここち》よくて、もっと見ていて欲しくなった。

(この子、僕の何を知っている？)

何かが劇的に変わる予感がした。

メルディと名乗った彼女は、ジェイクの知る普《ふ》通《つう》の女の子とは何もかも違《ちが》っていた。

彼女には何か目的があるらしい。

図書室に行きたいと口にしていたことから何らかの本を探しているのだろう。

どこかの間者か、それとも金目当てか。

色々と可能性を考えてみたが、どれも当てはまらない気がして目が離せない。
面白《おもしろ》いから傍に置いてみれば、奇抜な行動ばかりで飽きさせない。
死にたいくらい退屈《たいくつ》だった日々が、驚《おどろ》くほどに刺激的なものに変わっていった。
メルディの何もかもが眩《まぶ》しくて。
彼女が入学してきたら、どんな学園生活が始まるのかという期待に胸を躍らせた。
だから、彼女が図書室で何かを見つけたのを隠した瞬間《しゅんかん》、ありえないほど腹が立った。
自分を誘惑《ゆうわく》するような発言をしたのも許せなかった。
結局、他《ほか》の女たちと一緒《いっしょ》なのか、と。
だったら望み通りにしてやろうと、唇《くちびる》を奪っていた。
そして目の前で本を引き千切って絶望させてやるつもりだったのに。
彼女はキスに喜ぶどころか、怯えて固まったのだ。
「殿下《でんか》、だめです。その本を開いちゃだめ。殿下が、死んじゃう」
震えた声にみっともないくらいに動揺《どうよう》した。
ジェイクをまっすぐに見る潤《うる》んだ瞳に目眩《めまい》がしそうになった。
決して下心や野心ではない。
純粋《じゅんすい》にジェイクという人間を案じているメルディの心が見えた気がした。
心臓が高鳴り、なぜだか目の奥が熱を持って。

（この子が欲しい）

傍に置いて一生一緒に遊んでいたい。

メルディが傍にいれば、きっとジェイクは人らしくあれる。

そんな予感に胸が躍った。

「へぇ……悪魔召喚《あくましょうかん》の書か。なるほどね」

問い詰《つ》めてみれば、メルディの話はずいぶんと荒唐無稽《こうとうむけい》なものだった。

彼女の記憶《きおく》によればこの世界はゲームの世界で、ジェイクはその中で黒幕なのだという。

しかも、メルディを殺す犯人でもあるそうで。

（それが本当なら、ゲームとやらの僕はなんてもったいないことをしたんだろう）

悪魔に願いを叶《かな》えてもらうよりも、メルディを傍に置いた方が絶対に楽しいに違いないのに。

はじめは嘘《うそ》か妄想《もうそう》かと思ったが、メルディは普通の貴族令嬢では知り得ないような情報を持っていたし、何より彼女が必死にジェイクから遠ざけようとしている悪魔召喚の書とやらは本当に危険な気配がした。

これは人間が扱《あつか》っていいものではない、と。

「わ、私。自分も死にたくないけど、他に死ぬ人がいるのをわかってて知らないふりしたくないんです。それに、殿下だって無事じゃすみません。そんなの嫌《いや》です」

自分が殺されることより、ジェイクを案ずる姿に胸が苦しくなる。

(なんだろうこの生き物)

やはり手放せない。

そこからはメルディや周りを言葉巧《ことばたく》みに言いくるめて、入学後に生徒会役員になるように誘導《ゆうどう》した。

学年が違う以上、ジェイクの傍に置いておくにはそれが一番いい。

メルディは状況《じょうきょう》について行けないらしく、面白いほどに表情をくるくる変えながらも、ジェイクの傍にいると決めたらしい。

時々、悔《くや》しそうに睨《にら》み付けてくるのがたまらなく面白かった。

無事に入学式を終えて、生徒会に引き入れたメルディは予想外に優秀《ゆうしゅう》な人間だったこともわかった。

(これなら卒業後も傍に置いておけるかなぁ)

嬉《うれ》しい誤算すぎてますます手放せなくなってしまう。

メルディとずっと遊ぶためには何をすればいいのか。

ジェイクは生まれてはじめての答えのわからない問題について考えながら、にんまりと口元を緩《ゆる》めたのだった。

メルディは悩《なや》んでいた。

というか、入学してからずっと悩んでいた。

（どうしよう。普通に楽しい）

最初はどうなることかと思った生徒会活動も、蓋《ふた》を開けてみれば楽しいことが目白押しだった。

思ったよりも地味で裏方じみた仕事が多かったが、メルディとの相性《あいしょう》は良いらしくなかなかにやりがいがある。

ジェイクも学園では品行方正な生徒会長として振る舞っているし、悪魔召喚の書を使うような気配は一切ない。

だが。

（このままジェイク様の玩具《おもちゃ》になり続けるのはどうなんだ）

すでに入学してから数週間が経《た》った。

他の生徒たちはすでに仲良しの友達を作り、一緒に食事をしたりと楽しげに過ごしているが、メルディの横には誰《だれ》もいない。

なぜなら。

「メルディ。今日は何をして遊ぼうか」

学園の中庭。

ベンチに座ったメルディの横に座って楽しげに微笑《ほほえ》むジェイクの姿に、メルディはきゅっと唇を引き結ぶ。

ジェイクは何が楽しいのか暇《ひま》さえあればメルディの傍《そば》にいて、あれこれと仕事をさせたり同行させたりと、完全に所有物扱いだ。

食事を一緒にとるのはもちろんのこと、授業で使う本を借りに図書室についてくるとか、もはや周囲からセットとして認知《にんち》されているような気がする。

誰か止めてくれればいいのに、生徒だけではなく教師陣《じん》までなぜかジェイクの振《ふ》る舞《ま》いをすっかり受け入れて、あらまたやっているわと生あたたかい視線を向けてくれている。

一度だけ上級生のお姉様に絡《から》まれたことがあったが、やはり育ちの良い貴族の方々ということもあり、前世で読んだ少女漫画《まんが》のような虐《いじ》め行為《こうい》をされることなどはなく。

『ジェイク殿下とは適切な距離《きょり》を保って接するように』

『身の程《ほど》をわきまえて行動しておかないと、あとが大変ですわよ』

などという、ごもっともな御意見《ごいけん》をいただくだけで終わった。

メルディはもちろんでございますと平身低頭お姉様たちの言葉に深く同意をして、自分がジェイクに離《はな》れて欲しいなどと口にするわけにはいかないので、ぜひお姉様方からも一言進言して欲しいとお願いしたくらいだ。

（あのお姉様たちはいったいどこに行ったのでしょうね）

なぜかあれ以来、お姉様たちはメルディを見かけてもそそくさと立ち去ってしまい、声をかけて貰《もら》うこともない。

いったい何をしたんだジェイク。

知りたいようで絶対に知りたくない。

「今、何か僕のこと考えてた？」

「はは。いや、まさかそんな」

乾《かわ》いた笑いで誤魔化《ごまか》しながら、メルディはこの先どうすればジェイクの興味を自分から逸《そ》らせるかを考えていた。

（ジェイク様が私に構うのは、面白いからだよね）

前世の記憶という、これまでジェイクの傍にはなかった要素を持ち、完璧《かんぺき》な王子様という仮面を被《かぶ》る必要が無い相手。

完全に玩具扱いされているのはわかる。

正直、それで悪魔召喚の書から気持ちが逸れてくれるなら甘んじて受け入れようとは思うが、一生というわけにはいかない。

ジェイクが卒業してしまえば縁《えん》は切れてしまうだろう。

何せメルディはしがない男爵令嬢《だんしやくれいじよう》。

逆立ちしても王子であるジェイクと関《かか》わる機会など無くなるだろう。

(できれば卒業後も……その先もずっと傍にいてくれるような誰かとジェイク様が仲良くなれるのが一番いいよね)

ジェイクが悪魔召喚の書に手を出したのは、世の中に期待や興味を持てなかったからだ。

でも、傍で支えてくれる誰かがいればきっとジェイクは大丈夫《だいじようぶ》な気がする。

思いつきではあったがいいアイデアのような気がした。

(よし……！)

「ジェイク様は、同じクラスの方とは過ごさないんですか？」

「ん？　そうだね」

「ご友人を作ったりだとかは……」

「うーん。彼らはいつも僕のことを仕えるべき主《あるじ》として接してくるんだよね。今更《いまさら》友達って空気にはならないかなぁ」

「ああ……」

なんとなく光景が想像できてしまい、メルディはため息を吐《つ》く。

たしかに王子であるジェイクと気軽に会話をするというのは普通《ふつう》の生徒には難しいこと

なのかもしれない。

(何か親しくなるには……そうだ)

「殿下《でんか》。生徒同士の交流イベントとかはないんでしょうか」

「交流？　特にはないかな。何かアイデアでも？」

ジェイクが何かを面白《おもしろ》がるように目を細めながらメルディの話に耳を傾《かたむ》ける。

「はい。私の前世では、生徒の結束力を高めるために芸術にまつわる祭典をしたり、スポーツで交流をはかるというイベントをよく行っていたんです」

「へぇ」

純粋《じゅんすい》に興味をそそられたらしいジェイクがわずかに目を瞠《みは》る。

「せっかくですし、何か私たちも企画《きかく》しませんか？」

ついでにイベントを通してジェイクに友達を作ってもらいたい。あわよくばメルディのことを忘れるくらいに仲良くなって欲しい。

「悪くないね。と、言いたいところだけどそろそろ前期日程の試験だし、勉強が忙《いそが》しい時期じゃないかなぁ」

「あ」

すっかり忘れていた事実にメルディはぽかんと口を開ける。

学生の本分は勉強だ。前期日程の試験はカリキュラムの中でもかなり重要なものだ。ひどい点数を取れば、補習や大量の課題に挑《いど》む羽目になる。

「うう……」

「僕は当然平気だけど、君はどう？」

入学するのも大変だったが、入学してからも大変なのは学生の宿命だ。

授業はわりと難しい。

特にメルディはジェイクに見込まれて生徒会役員になったこともあり、教師たちからかけられるプレッシャーが尋常《じんじょう》ではなかった。

そんなことではジェイクの傍にはいられないぞ、という無言の圧を感じる。

いや、べつに一緒《いっしょ》にいたくはないんですがと心の中で叫《さけ》びながらもメルディは必死に授業を受けていたりする。

「殿下が手伝ってくれたおかげでなんとかなりそうです」

そうなのだ。意外なことに生徒会の仕事がない時などは、ジェイクが勉強を見てくれているのだ。

さすがは天才といったところで、ジェイクの教え方はとても上手だ。

おかげでメルディは勉強に躓《つまず》くことはなく今日まで来ていた。

「強引《ごういん》に生徒会に引き入れたからね。それくらいはしてあげないとかわいそうかなって」

（自覚あるんだぁ）

「何か？」

「いいえ、何も」

悪魔と契約《けいやく》していなくてもジェイクには悪魔的な力でもあるのか、時々心を読まれているような気になってしまうからたまらない。

「そうだね……じゃあ、試験が終わったら何かイベントを考えようか」

「いいんですか！」

「うん。何か新しいことをするのも楽しいかもしれないし」

「……!!」

メルディは思わず小さくガッツポーズをした。

何かしらのイベントでジェイクと相性《あいしょう》が良さそうな生徒を見つけて友人関係になってもらえれば、メルディを構う余裕《よゆう》もなくなるだろうし、ついでに悪魔召喚《あくましょうかん》の書を使う気もなくなるかもしれない。

一石二鳥とはこのことだ！　とメルディは試験への気合いを新たにする。

「試験とそのまえの数日間は生徒会活動もないから、勉強しながら何か案を考えておこうね」

「やっぱりその期間はお休みなんですね」

「そうだね。やはり勉強は最優先だからね」

「……じゃあ、しばらくジェイク様にも会えないんですね」

ぽろりと呟《つぶや》いてしまってからメルディは慌《あわ》てて口を押さえる。

(なんか凄《すご》いことを言ってしまった)

決して下心などではなく、その期間はジェイクが一人になってしまうので大丈夫かと心配になっただけなのに。

(これじゃあ私が寂《さみ》しがっているみたいじゃない)

一人混乱しながら、メルディは隣《となり》に座るジェイクにそっと視線を向ける。

「っ！」

まっすぐにメルディを見つめるジェイクと視線がかち合う。

瞬《まばた》きもせずこちらを見ているジェイクの視線の強さに、思わず息が止まった。

「ジェイク様……？」

呼びかければ、ジェイクはハッとした顔をして小さく咳払《せきばら》いする。

「そうだね。君で遊べないのは僕も寂《さび》しいな」

「……せめてそこは君と、って言ってくださいよぉ」

なんだか落ち着かない気持ちになりながらも、いつも通りのジェイクの姿にメルディはほっと息を吐《は》いたのだった。

数日後。

無事に試験を終え、さてどんなイベントを開催《かいさい》しようかと考えながら久しぶりの生徒会室に向かっていた。

ほんの数日とは言えジェイクと顔をあわせなかった。

(何も起きてないよね)

まさか試験の間に暇《ひま》になったからと本を開いたりしていないだろうかという不安と、ジェイクはそんなに簡単に約束を破るわけがないという信頼《しんらい》が心の中でせめぎ合う。

少なくともアマリリスはずっと元気だったし、学園で不穏《ふおん》な出来事は起きていない。

きっとこのまま何ごともなく日々が進むはずだ。

そう信じて生徒会室の扉《とびら》に手をかける。

「……だからそう言ってるじゃないか！」

びくりと思わず腕《うで》がすくんだ。

部屋の中から聞こえてきたのは、聞き覚えのない男性の声だった。

おそるおそる扉を開けて中に入れば、一人の男子生徒が机を挟《はさ》んでジェイクに何かを訴《うった》えている最中のようだ。

「君の言い分はわかったけど、さすがに生徒会は便利屋じゃないからそこまでは責任持てないよ」

「見捨てるのか」

「そうは言わないよ」

何やら議論が白熱している気配を感じ、メルディはそろそろと室内に入る。

すでに室内にいたアンがメルディに気が付くと、こっちにおいでと手招きをしてくれた。

小走りで駆《か》け寄り、アンの隣に立つ。

「何があったんですか」

「彼は二年生。伯爵《はくしゃく》家の令息なんだけど、生徒会に相談があるって急に乗り込んできてね。今は、会長がお相手中」

「直接来たんですか？」

普通ならば生徒会に相談をする場合、直接ではなくまずは書類なり手紙なりで伺《うかが》いを立てるのが暗黙《あんもく》のルールになっている。

内容を精査し、生徒会が関《かか》わるべきと判断したものにだけ口を出しているのだ。場合によっては教師や、役員の実家などが協力したりしている。

そうしなければ数の少ない役員では対応しきれない。

「いったい何の相談です？」

「それがね、失《な》くし物を捜《さが》して欲しいって言ってるの」

「は？」

アンの言葉にメルディは目を丸くする。

生徒会は生徒の相談を請《う》け負ってはいるが、さすがに捜し物は範疇《はんちゅう》外だろう。

いったいどうしてそんな相談をと問いかけようとした瞬間《しゅんかん》、大きな物音が室内に響《ひび》く。

驚《おどろ》いて視線を向ければ、男子生徒がジェイクの机に両手を打ち付けていた。

「もういい。会長……いや、殿下《でんか》ならなんとかしてくれると思ったのに」

まるでジェイクに非があるような口調に、メルディは思わずカチンとくる。

（相談に来ておいてなんて態度。しかも捜し物でしょう？）

思わず身体《からだ》が前のめりになりかけるが、ジェイクに視線で制されてしまった。

「期待に添《そ》えなくてすまない。もし何かわかれば連絡《れんらく》すると約束するよ」

「……!!」

冷静に返事をするジェイクに男子生徒は唸《うな》るような声を上げると、挨拶《あいさつ》もせず生徒会室から出ていってしまった。

力任せに閉められた扉の音と、乱暴な足音が響く。

「なっ、なんなんですかあれ!!」

足音が聞こえなくなったのを確かめてから、メルディは大声を上げた。

「ジェイク様、あれ、あれ、いいんですか！」

ジェイクをなんだと思っているのか。生徒会は便利屋ではない。あまりにも失礼ではないかと鼻息荒《あら》く近づけば、ジェイクはどこ吹《ふ》く風で軽く肩《かた》をすくめる。

「いいとは思わないけど、まぁ、仕方がないかなって」

「でも、あんな態度……」

不敬罪で処刑《しょけい》されても文句は言えないのではないだろうか。

「いいんだよメルディ。彼も余裕がないんだろうし」

「でも……」

やっぱり納得《なっとく》できないと男子生徒が出ていった扉を睨《にら》み付けていれば、ジェイクが苦笑いを浮《う》かべる。

「実は、彼の婚約者《こんやくしゃ》が指輪をなくしたそうでね。それを生徒会に捜してもらえないか、っていう頼《たの》み事だったんだよ」

「指輪？」

捜し物がそんな個人的な品だったとは思わず、メルディは大きな声を出してしまう。

生徒会への相談は、学園生活に関わることだけと決められている筈《はず》だ。

百歩譲《ひゃっぽゆず》って授業に必要な道具とかならわかるが、婚約者の指輪の行方《ゆくえ》捜しなんて生徒会長に頼むのはお門違《かどちが》いにも程《ほど》がある。

「なんですそれ。自分たちで捜せばいいのに」

「僕もそう言ったんだよ。さすがに仕事の範疇外だから、って」

「だから彼は怒《おこ》ったんですか？」

「そう。まあ彼にしても婚約者にはじめて贈《おく》った指輪だったらしいから、なくなったことがショックだったんだろうね。婚約者の子、ショックで寝込《ねこ》んでるらしいし。でも僕たちにできることは、その指輪の見た目を生徒に周知して見つかったら届けて貰《もら》うようにすることくらいかな」

「ですよねぇ……」

多少同情するところはあるが、メルディたちにできることはない。

「あとは今後こんなことがないように、貴重品の管理は個人でしっかりするように、って通達するくらいかな。アン、書類の作成を頼めるかな」

「わかりました」

「メルディは、先生たちに相談があったことを伝えてくれる？　僕が資料を作るから」

「はい！」

ジェイクのテキパキとした指示に従いながら、メルディはようやく日常が戻《もど》ってきたのを感じていた。

この報告が終わったら、ジェイクに新しいイベントについて話をしようと心を躍《おど》らせる。

なのに。

「またですか」

思わずこぼれた言葉に、アンまでもがうんざりとした顔で頷《うなず》いた。

「これで五件目よ。品は全部違うけど、こんなに女生徒の所持品ばかりがなくなるなんておかしいわ」

試験明けの日、男子生徒が相談に来たのを皮切りに、毎日のように紛失《ふんしつ》物の相談が持ち込まれるようになった。

指輪に髪飾《かみかざ》りに櫛《くし》という、貴族令嬢《れいじょう》ならば身だしなみの一つとして持ち歩く装飾《そうしょく》品ばかりが続けざまになくなっている。

そのどれもが、ほんの少し目を離《はな》した隙《すき》にだという。

最初は個人的な品までは対応しきれないと断っていたジェイクたちだが、さすがにこれはおかしいのではと思いはじめていた。

「いくらなんでも多すぎます」

「ちょっと不気味ですよね……あれ、ジェイク様は？」

「殿下は職員室よ。先生方に今回の件をどう処理するか相談しているわ。学園生活に関係ない物ばかりとはいえ、さすがに不自然だもの」

「そうですよね……」

返事をしながらもメルディは少し考え込む。

何かが引っかかる。

大事なことを忘れてしまっているような嫌《いや》な予感で、落ち着かない気分になった。

「メルディさん？」

「あ！　はい、なんでしょうか」

呼びかけられて我《われ》に返れば、アンが心配そうな顔をしている。

「そう考え込まなくていいわ。殿下が何か良い案を考えてくださるでしょうし。私たちは私たちにできることをしましょう」

「はい」

だがその日、ジェイクが生徒会室に戻ってくることはなかった。


翌日。

なんだか気になって朝早くに生徒会室を訪《おとず》れてみれば、そこには一人で仕事をしているジェイクがいた。

（やっぱり）

「おはようございます」

「メルディ。ずいぶん早いね」

少し驚きつつもジェイクは優《やさ》しい笑《え》みを返してくれた。

「何をなさってるんですか？」

「昨日は先生たちに捕《つか》まって仕事ができなかったからね。中途半端《ちゅうとはんぱ》な仕事を残しておくのは主義に反するから、授業が始まる前に終わらせておこうと思って」

真剣《しんけん》なその表情に、メルディはふにゃりと眉《まゆ》を下げる。

「そういうときは私たちに頼んでくだされば……頼《たよ》りないかもしれませんが」

一人でなんでもやろうとしないで欲しいと伝えれば、ジェイクの手が止まった。

じっとメルディを見つめ、ふっと目を細める。

「僕は一応会長だからね。自分の仕事は自分でこなすさ」

「もう……」

春休みの時も思ったが、ジェイクは誰《だれ》かに努力しているところを見られるのがあまり好きではないようだ。人に仕事を邪魔《じゃま》されるのが嫌だというのもあるのだが、ここまで来ると真面目《まじめ》すぎるのではと逆に心配になってくる。

どんなことでも完璧《かんぺき》にこなせる天才とまわりはジェイクを呼ぶが、本当はいつもこうやって努力しているのだ。すぐに身に付けてしまうというのは事実だが、それはどんなことにも真剣に取り組んでいるからで、決して簡単にやってのけているわけではない。

誰か、ジェイクのそんな一面に気が付いて全力で褒《ほ》めてあげてくれればいいのに。

そうすれば、ジェイクだって人生を諦《あきら》めたりはしないはずなのに。

「殿下《でんか》は凄《すご》いですね。お疲《つか》れなのに、手を抜《ぬ》かなくて」

せめて自分くらいはとぽつりと呟《つぶや》けば、ジェイクが小さく笑った音が聞こえた。

「ありがとうメルディ。心配してくれたんだね」

「いえ、そんな……」

自分で言っておきながら恥《は》ずかしくなって俯《うつむ》けば、ジェイクはまた楽しげに笑った。

「あ、そういえばどうなったんですか？　先生たちに相談したんですよね、紛失物のこと」

「見回りをしてくれることになったよ。これで落ち着けばいいんだけどね」

さすがにお手上げなのか、少し疲れた顔をしている。

「本当ですよね。さすがにこれだけの数が揃《そろ》うとただの不注意とも思えませんし」

「そうなんだよね。まるで誰かが意図的に盗《ぬす》んでるみたいだ」

「………あ！」

ジェイクの言葉に、忘れていた記《き》憶《おく》が一つ蘇《よみがえ》る。

指輪からはじまる紛失事件。まるで魔《ま》法《ほう》のように消えたそれらの行方はわからない。そんな奇《き》怪《かい》なエピソードが『はとる。』の中にあった。

「どうしたの？」

「殿下……私、思い出したんですけど」

「何をだ……？」

「この紛失事件の犯人をです！」

「は？」

面白《おもしろ》いほど目を丸くしたのはジェイクだ。

どういうこと？　と首を傾《かし》げながらメルディの傍《そば》に近づいてくる。

「この紛失事件はゲーム中でも起きるんです」

ジェイクが黒幕ではなくなった以上、もうイベントは起きないとばかり思って、完全に油断していた。

「もっと早くに気が付くべきでした。これはイベントにある内容そのままなんですよ！」

生徒の持ち物が相次いで紛失する事件が起きるのだ。

解決してもしなくてもゲームの進捗《しんちょく》に変わりはないが、解決すれば攻略《こうりゃく》キャラクターの好感度が増えるというものだ。

「確か、黒幕になったジェイク様が女生徒を唆《そそのか》して事件を起こさせるんです。悪魔は人間の動揺《どうよう》や負の感情を好むからって理由だったはずです」

悲しみや怒《いか》りを抱《いだ》く者が多ければ多いほど、悪魔は力を増す。

学園で不審《ふしん》な事件が増えていく理由はこれだ。

犯人である女生徒は、ジェイクに気に入られたい一心で、ジェイクが褒めた誰かの持ち物を盗むようになる。

ちょっと思い込みの激しい女の子の純情な気持ちを利用した、それなりにえぐい事件だ。

その説明を聞いたジェイクは、短く息を吐《は》くと、億劫《おっくう》そうに前髪《まえがみ》をかきあげる。

「なるほどね……」

「誰かが女生徒を唆していると考えるのが妥当《だとう》ですよね。一体どこの誰なんでしょう」

「は……？」

ジェイクがぽかんとメルディを見つめた。

「ちょっとまって。君、僕を疑わないの？」

「なんで疑うんですか」

「僕があの本に触《ふ》れて悪魔に魅入《みい》られたとか、おもしろがって女生徒を唆してるかもとか、考えないの」

「まさか」

何を言うのだとメルディは唇《くちびる》を尖《とが》らせる。

「ジェイク様はそんなことしません」

確かにジェイクは怖《こわ》い人ではあるが、他人を無意味に貶《おとし》めるようなことは絶対にしないと確信できる。

生徒たちに真摯《しんし》に接しているのもずっと傍で見てきた。

先日の男子生徒にわりと理不尽《りふじん》に絡《から》まれていたのに、態度を悪くしたりしなかったのも凄いと思う。

たとえ演技だとしても、それができるのは並大抵《なみたいてい》のことではない。

「……ふうん」

ジェイクが少しだけ目を細める。

どうやら納得《なっとく》してくれたらしい。

「君の知っている事件と、これがどれくらい似てるか教えてくれる？」

「行方《ゆくえ》不明になった物はゲーム中のエピソードによく似てますが、ちょっと違《ちが》います。でも、実行犯の女生徒は同一人物な気がするんです」

盗まれているものの傾向《けいこう》が近いからというのが一番の理由だが、人の物を盗む生徒がそう何人もいたら怖いからそうであって欲しいというのも本音だ。

「名前はわかる？」

「そこまではちょっと……でも、立ち絵があったので顔を見ればわかります」

「その女生徒を見つけて、君はどうする気？」

「話を聞いてみましょう。素直《すなお》に白状して盗んだものを返してくれれば御《おん》の字ですし」

「そうだね。僕としても騒《さわ》ぎを大きくしたいわけじゃないからそれは賛成」

とになった。

ジェイクと話を合わせ、メルディは記憶を頼りにゲーム中で犯人だった女生徒を捜《さが》すこ

幸いにもその女生徒が二年生だったという記憶があったので、アンに協力を依頼《いらい》して覚えている外見の情報とを照らし合わせた。

「三つ編みに眼鏡《めがね》……！　間違いないです」

そして、該当《がいとう》する女生徒をすぐに見つけることに成功したのだった。

いかにも真面目そうな外見をした女生徒は、ある子爵《ししやく》家の令嬢《れいじよう》だった。

「彼女についていくつかわかったことがある」

ジェイクは驚《おどろ》くべき速さで彼女に関する情報を調べてきていた。

「名前はレンナ・エルビウム。西方にある子爵家の一人娘《ひとりむすめ》。幼い頃《ころ》から優秀《ゆうしゆう》で、家門の期待を一身に背負って入学してきたけど、最近は勉強に遅《おく》れ気味で、今年の成績はずいぶんと落ちてる。君が言うように、思い込みが激しいというか、周囲から浮《う》いているようだ」

試験が終わったばかりなのに、なぜジェイクがレンナの成績を知っているのか不思議だが、メルディはあえて黙《だま》って聞き流す。

「学園で知り合ったオダリス伯爵《はくしやく》家の次男坊《じなんぼう》であるガイウスと婚約《こんやく》中。ガイウスは卒業後、エルビウム家に婿《むこい》入りするようだね。でも本人はそれが不服のようで、あてつけのように他《ほか》の女生徒と遊びほうけているらしいよ」

「うへぇ」

「レンナはそれにずいぶんと傷ついているようだね。なんとかしてガイウスに態度を改めて欲しいと、いつも傍についているようだ」

「何それひどい」

思わず本音が口からまろび出てしまった。

いくら不本意な婚約とは言え、よくそんな不誠実なことができたものだ。

「婿入り先の令嬢を悲しませるとは、この男は馬鹿《ばか》なのかな」

さらりと毒を吐いたジェイクに、メルディがぎょっとする。

「ジェイク様？」

「だってそうだろう。少なくともこの結婚はガイウスには利益しかないよ」

長子相続が基本である貴族社会では、次男以下は身の振《ふ》り方が難しい。

複数の爵位を持っている家門の場合は、そのどれかを引き継《つ》いで新しい家を作るという方法もあるが、そういった家は少ない。新しい爵位を買うにしてもお金がいる。

だから殆《ほとん》どの場合、跡継《あとつ》ぎがいない娘だけの家に婿入りするのだ。それが無理ならば、騎士《きし》団に入隊するなどして自分で自分を養うしかないのが実情である。

レンナの生家は子爵家ではあるが堅実《けんじつ》な暮らしぶりで、安定した事業も行っている。

婿入りしたあとは、その事業をいくつか任せてもらう話にもなっているらしい。

「そう。もし婿入りが不服なら婚約自体を了承《りょうしょう》しなければいいのに、婚約したあとに遊びほうけているのは身勝手だ」

あまりにも正論過ぎる正論に、メルディはうんうんと大きく頷《うなず》く。

「君の話とこの二人の現状を突《つ》き合わせて考えると、彼女は婚約者が褒《ほ》めた品を盗《ぬす》んでる、ってことになるのかな」

「……そうだとは思いたくないけど、可能性はあると思います」

「すっごい好条件ですね」

「なるほどね」

ゲームでは孤独《こどく》なレンナの心の隙《すき》を突いたジェイクが、言葉《ことば》巧《たく》みにレンナを操《あやつ》り、盗みを繰《く》り返させていた。『あれは君に似合う』『乱暴に扱《あつか》われて品物がかわいそうだ』など。決して奪《うば》ってこいとは明言せずに、自主的に行動に出るように指示していたのだ。

わりと、いやかなり非道である。

(でもどうして同じ事件が起きるのかしら。ジェイク様は黒幕じゃないのに)

じわりと嫌《いや》な予感がこみ上げてくる。

もしかしたらゲームの強制力が働いているのかもしれない。

ジェイクを黒幕にしない努力だけでは無く、これからはゲーム中に起きるイベントにも気を配っておくべきかもしれない。

「しばらくの間、レンナの動向を追わせよう。証拠《しょうこ》がない状況《じょうきょう》では僕も動けないからね」

「はい」

これで犯人が見つかれば良いと思いながらも、レンナが無実であって欲しいという複雑な思いを抱《かか》えながらメルディは頷いたのだった。


事態が動いたのは数日後。

ジェイクが見張りのために学園に潜入《せんにゅう》させていた部下が、レンナが女生徒の鞄《かばん》から手鏡を盗もうとしているところを取り押さえたのだ。

「レンナが所属する美術部の部室に、これまでの盗品《とうひん》が隠《かく》されてるのが見つかったよ」

蓋《ふた》を開けてみればレンナの犯行動機は、ゲームの時よりも単純明快なものだった。

婚約者であるガイウスは、プライドが高い青年で、自分が婿入りして妻よりも下の立場に甘んじる結婚に納得していなかったらしい。

そのためレンナを徹底《てってい》的に無視し、他の女生徒に粉をかけていたのだという。

(絵に描《か》いたようなクズね)

だが、人の気持ちとは不思議なものでレンナはガイウスのことを本当に慕《した》っていた。

だからガイウスが女生徒に対して「それ、とっても似合ってるよ」と軽く褒めただけの所持品を欲《ほっ》してしまった。

同じものを身に着ければ、ガイウスに声をかけてもらえるのでは、と思ったらしい。

「あー……」

報告を聞かされたメルディは、無情さを嚙《か》みしめながら天を仰《あお》いだ。

「やりきれないですね」

「でも、彼女は安心したって言ってるそうだよ」

「え……」

取り押さえられた時、レンナは「やっと終われる」と泣き崩《くず》れたのだという。

「きっと本人も止《や》め時を見失っていたんだろうね」

ガイウスに振り向いて欲しくて必死だった。

盗みは悪いことだとわかっていても止められなかった。

その苦しみを思うと、胸が痛い。

「本人は罪を認めているし、最後の盗みは未遂《みすい》に終わった。被害者《ひがいしゃ》たちも事情を知って矛《ほこ》を収めてくれたよ」

「それは、よかったです」

ゲームでは盗みがバレたことでレンナは生徒たちから激しい糾弾《きゅうだん》を受け、心を病《や》み学園を追われるように去って行く。

そして二度と表舞台《おもてぶたい》に立つことができないままに人生を終えるのだ。

　だが、今回は違う結末になりそうだった。

「学園としても事情が事情だから、事件は表沙汰《おもてざた》にしないことになった。レンナは休学して、実家で静養が決まったよ。また落ち着いたら復学できるそうだ」

「婚約者の方は？」

「ま、ただで済むわけがないよね」

　息子《むすこ》の行いを知ったガイウスの父親は、レンナに誠心誠意謝罪したそうだ。

　結果として婚約は解消になった。

「好条件の婿入り話を自分で潰《つぶ》したんだ。この先、いい縁談《えんだん》に恵《めぐ》まれることはないだろうし、学園でも肩身《かたみ》の狭《せま》い思いをするんじゃないかな」

　そう語るジェイクの表情はとても冷たいものだった。

「レンナはそのことに納得《なっとく》してるんですか？」

「ああ。目が覚めたってさ」

「よかった」

　心からそう思う。

　やったことは間違《まちが》っているが、きっとまたやり直せるだろう。

「しかし不思議だね。好きな男が褒めた品だから欲しいなんて。思考の突飛《とっぴ》さについていけないよ」

「……まあそうなんですけど……少しだけわかるかなぁって」

「え？」

メルディの言葉にジェイクがぱちりと瞬《まばた》く。

「恋《こい》をしたら、その相手が世界の中心なんです。その人のために何かしたいとか、その人に少しでも好かれたいって。悪いことだってわかってても、止められなくなっちゃう」

レンナはきっとほんの少しでもいいからガイウスに振り向いて欲しかったのだろう。

「……ずいぶんと恋する女の子の気持ちに詳《くわ》しいんだね」

「あはは。全部ゲームの受け売りですよぉ」

情けない話だが、前世でも今世でも誰《だれ》かのために何かしたいと思うような恋をした経験はない。だからこそ、恋愛《れんあい》が主題のゲームにのめり込んでいたような気がする。

「私もいつか、そんな恋がしてみたいもんです」

腕《うで》を組んでウンウンと頷きながら、メルディははたと気が付く。

(殿下《でんか》も、誰かと恋に落ちれば変わるのでは……？)

友人作りのことばかり考えていたが、人を一番変えるのが恋だとしたら、ジェイクにこそ恋人が必要なのではないか。

さっきから黙《だま》り込んでしまったジェイクをちらりと盗み見たメルディは、ゲーム中のジェイクに関する情報を再び必死に思い出す。

特にジェイク個人の恋愛模様についての言及《げんきゅう》はなかった。女生徒からも絶大な人気はあったが、それだけだ。

(あっ、でもアマリリスを監禁《かんきん》するエンディングがあった)

バッドエンド後の世界で、ジェイクが魂《たましい》を悪魔《あくま》に奪われたアマリリスの肉体を保管するというエピソードがある。

明確に恋愛感情があったかどうかは説明されないが、魂のない状態のアマリリスだけを見つめるジェイクの姿に一部のファンたちは狂喜乱舞《きょうきらんぶ》したものだ。

(てことはアマリリスのことは憎《にく》からず思ってたってことだよね。じゃあアマリリスとジェイク様をくっつけちゃえばいいのでは⁉)

天才的なひらめきな気がした。

実際、同室になったアマリリスは本当にかわいらしくいい子だった。素直《すなお》で明るく、さすがはゲームの主人公といったところだ。

アマリリスとジェイクが親しくなって恋に落ちてくれれば、万々歳《ばんばんざい》な気がする。

そうと決まれば敵情視察だと、メルディは笑顔《えがお》を作ってジェイクに向き直る。

「ジェイク様は、どんな女性がタイプなんですか」

「急にどうしたの」

ジェイクが思い切り眉間《みけん》にしわを寄せる。

最近気が付いたことだが、ジェイクはメルディに対しては外面《そとづら》を取り繕《つくろ》うことをやめたらしく、いろいろな表情を見せてくれることが増えた。

かなり気を許して貰《もら》っているのだなぁと少しだけほっこりする。

「レンナのことがあったので、殿下の恋路にちょっと興味があるというか……殿下なら、好きになった相手のために、何か行動したいとか思います?」

もちろん、レンナのやったことはアウトだが「恋」というものは時に人を大きく動かす力があることを証明してくれた。

それがジェイクの運命を変えてくれれば。

「……そうだね……きっと、そう思うんじゃないかな」

とても穏《おだ》やかな声だった。わずかに上がった口角と、やわらかな目元。

(う、美しい……)

まるで自分がジェイクの相手になったような錯覚《さっかく》に陥《おちい》ってしまい、メルディは盛大に狼狽《うろた》える。

「あ、えっと……」

「どちらかというと僕は好きな相手のために何かしたいって言うよりは、僕に溺《おぼ》れさせたいかな。僕以外のことを考えられないようにして、閉じ込めておきたいかもね」

あまりにも黒幕らしい発言に言葉が詰《つ》まる。

閉じ込めるという物騒極《ぶっそうきわ》まりない発言に、ゲームでアマリリスの肉体を鑑賞《かんしょう》しているスチルを思い出しぞわりと肌《はだ》が粟立《あわだ》つ。

(こ、こわい……でも)

ジェイクの愛情表現が「そう」なら、ファンディスクでの監禁イベントは恋愛感情からくるものだと証明されたわけだ。

つまり、アマリリスが恋愛対象になる可能性はかなり高い。

二人が正式な恋人同士になってしまえば、それこそ遊び相手であるメルディはお役御免《やくごめん》になるだろうし、ジェイクが卒業した後も安泰《あんたい》だ。

それに、アマリリスを殺さないためにも、悪魔召喚《しょうかん》の書を完全に手放す選択《せんたく》をしてくれる可能性もあるだろう。

(これはまさに一石二鳥……‼)

メルディは己《おのれ》の考えの素晴《すば》らしさにぐっと拳《こぶし》を握《にぎ》りしめる。

「ジェイク様、折り入ってお願いがあるんですが」

「……なんだい？」

「アマリリスに会ってみてくれませんか」

「彼女に？　どうして？」

「ほら、彼女は私と同室ですし、結構な重要人物だと思うんです。交流を持っておいた方が、今後何かと楽かと思って」

しどろもどろになりながら伝えれば、ジェイクはふうんと興味のなさそうな声を上げ、それから「まあいいよ」と言ってくれた。

「たしかに、これからのことを考えたら知り合いになっておくのは悪くないかもね」

「でしょう！　じゃあ、今度ご紹介《しょうかい》しますね！」

頭の中に、アマリリスと寄り添《そ》うジェイクの姿が思い浮《う》かぶ。

それはきっと素晴らしく美しい光景に違いない。

（……？）

でもなぜか一瞬《いっしゅん》だけ胸が痛んだ気がした。

それがなんなのかわからず、メルディは首を傾《かし》げたのだった。

数日後、メルディはいつもジェイクと過ごす中庭にアマリリスを連れてやってきた。

『紹介したい人がいるの』

それだけしか伝えられず連行もとい同行させられたアマリリスは不思議そうな顔をしていたが、ジェイクの顔を見た途端驚《とたんおどろ》きで身体《からだ》を硬《かた》くしていた。

「で、殿下……！」

どういうことなの？　と困惑《こんわく》した視線を向けてくるアマリリスを笑顔で誤魔化《ごまか》しながら、メルディはその背中をぐいぐいと押す。

「ジェイク様。クラスメイトのアマリリス・ライムです。とっても優秀《ゆうしゅう》なんですよ」

「メ、メルディ……！　っ、ごきげんよう殿下。ご挨拶《あいさつ》できて光栄です」

「よろしくアマリリス。そう硬くならないで。学園では身分は関係ないんだから」

ジェイクがやわらかな笑みをアマリリスに向けた。

アマリリスもまた、ジェイクの優《やさ》しい言葉にほっとしたように微笑《ほほえ》む。

てっきりここから甘い恋の物語が始まると期待したメルディ、だったのに。

「それで、メルディったらおかしいんですよ。先生もびっくりしちゃって」

「わかるよ。彼女は真面目《まじめ》なのに変なところで抜《ぬ》けているからね」

おかしい。

さっきからアマリリスとジェイクは、なぜかメルディの話題で盛り上がり続けている。

にこにこと楽しそうに会話をしてくれているのは大変嬉《うれ》しいが、なぜ二人してメルディのことを話すのか。

しかも二人の間にはしっかりメルディが収まっており、頭上で交《か》わされる二人の会話を笑顔で聞いていることしかできない。

「今日は話せてよかったよ。また、メルディの面白《おもしろ》い話を聞かせてね」

「はい、喜んで」

「えぇぇ……」

用事があるからと帰っていくジェイクを見送りながら、メルディは思い切り首を捻《ひね》る。

なんでこんなに意気投合しているのか。

これが恋《こい》の始まりなら喜ばしいのだが、二人の間に流れる空気はそんな甘いものではないことだけはわかる。

「ね、ねぇアマリリス。ジェイク様って素敵《すてき》な方でしょう？」

「ええ。本当に。噂《うわさ》に聞いていた以上に素敵な人ね」

（お、好感触《こうかんしょく》かも）

何も出会ったその日から恋のときめきが始まる必要はない。

日々を重ねることで恋愛《れんあい》感情が芽生えてくれれば、それはそれで問題はないのだ。

「でしょう？　アマリリスにはぜひ、ジェイク様と親しくなって欲しいの。ジェイク様って、ああ見えて生徒とは一線を引いているというか……ずっと傍《そば》にいてくれるよい相手を見つけて欲しいのよね」

嚙《か》みしめるように告げれば、アマリリスが驚《おどろ》いたように目を丸くした。

まさかそんなもくろみで引き合わされたとは思っていなかったのだろう。

「え？　でも殿下《でんか》は……」

「とにかく、これからも時々ジェイク様と会って、交流を深めてほしいの。お願いね！」

これはジェイクのためだけではなく、アマリリスと、ひいてはメルディの命を救う大切なことなのだ。

そう自分に言い聞かせながらメルディはアマリリスの手をぎゅっと握ったのだった。

第四章　帰ってきた隠しキャラ

盗難《とうなん》事件騒動のおかげでジェイクに友人を作るためのイベントを企画《きかく》する余裕《よゆう》はなくなってしまったが、代わりにアマリリスとジェイクを引き合わせることに成功した。

それ以来、二人は時折会話をするなど交流を深めているようで、このままぜひもっと親密になってほしいとメルディは願っていた。

だが、相変わらずジェイクは暇《ひま》さえあればメルディに絡《から》んでくるし、アマリリスもジェイクに対して尊敬以上の感情を抱《いだ》いているようには思えない。

それどころか、本来ならばゲーム中で恋愛関係になるはずの攻略《こうりゃく》キャラクターとも特段親しくしている様子がないのだ。

（まあ、あのゲームは不審《ふしん》な事件をきっかけにキャラクターと親密になっていく内容だったから、特別なイベントがないときっかけがないに等しいのよね）

平和すぎる学園生活では、クラスや学年が違《ちが》う異性の生徒と親しくなる機会はほぼないに等しい。

（そういえば、隠しキャラクターの彼の扱《あつか》いはどうなるんだろう）

ゲームの中盤《ちゅうばん》で登場する隠しキャラクターは現在この学園にはおらず、夏期休暇《きゅうか》のあとに学園に編入してくるという設定だ。

他《ほか》のキャラクターたちを攻略していないと、編入してきたという噂を聞くこともできない。

（ジェイクが悪魔召喚《あくましょうかん》の書を使っていないパターンだとどうなるんだろう）

現状、プリゾン学園での日々は平和そのものだし、アマリリスにはジェイクと親密になって貰《もら》いたいので、余計な関《かか》わりは持って欲しくない。

（なんにせよ、留学先から戻《もど》ってくるのはまだ先だよね。編入の時期が近くなったらジェイク様に相談しておこう）

なにせ隠しキャラクターはジェイクとは浅からぬ縁《えん》がある存在なのだ。

揉《も》め事を起こさないためにも、手を打っておく必要があるだろう。

「うーん」

生徒会室でいつものように書類を整理しながら、メルディはふうとため息を零《こぼ》す。

ゲームの展開は大筋は伝えているが、全部を話しているわけではない。

隠しているわけではないのだが、全《すべ》てを伝えてもいいのかという迷いもある。

「問題はいつ話すかなんだよね。最近、ジェイク様なんだか忙《いそが》しそうだし」

そう。実はここ最近、ジェイクは少し忙しそうなのだ。

生徒会長としての役目に加え、王子としての職務もある。最近、山向こうの小国でクーデターが起き、行き場をなくした人々が辺境に流れ着くなどして地元民と揉め事を起こしたりと何かと落ち着かない情勢なのだ。

やはりここは現実世界なのでそれなりにシビアな部分もある。

学園があるのは王都ということもありそこまで影響《えいきょう》は感じないが、噂によると物騒《ぶっそう》な事件も起きているらしく学園外に出る時は護衛を付けるようにというお達しも出ている。

ジェイクは王子として治安維持《いじ》の対策もしなければならないため、最近は休むことも多くなった。

手っ取り早いのは同じくクーデターの煽《あお》りを受けている隣国《りんごく》と協力することだと言われているが、国と国が手を結ぶのは簡単ではないことくらいはメルディにだってわかる。

どうか早く落ち着いて欲しいと思いながら、メルディは短いため息を吐《つ》いた。

「どうしたの？」

「ひっ！」

突然《とつぜん》頭上から声が聞こえ、メルディは思わず悲鳴を上げる。

いつからそこにいたのか、ジェイクがいつものにこやかな笑《え》みを浮《う》かべ、腕《うで》を組んでメルディを見下ろしていた。

（心臓に悪い!!）

文句を言ってやろうと身構えるが、それよりも先にジェイクがぐっと距離《きょり》を詰《つ》めてきた。

「僕に何か隠しごと？」

綺麗《きれい》な青い瞳《ひとみ》が探《さぐ》るようにメルディをのぞき込んでくる。

そういえば最初に出会った時もこんな風に見つめられたなぁと思いながら、メルディは苦笑いを浮かべる。

「隠しごとって言うかなんというか……」

どこまで話しておくべきか、とメルディが迷っていると、外がにわかに騒《さわ》がしくなった。

窓の外に視線を向ければ、生徒たちが何やら騒いでいるのが見えた。

特に女生徒たちの声が妙《みょう》に大きい。

「何ごとでしょう」

「さぁ」

ひょうひょうとした表情ながらも、ジェイクがどこか鋭《するど》い視線を外へ向けていた。

その表情はどこかゲーム中の黒幕王子めいていて、メルディは急に不安になる。

（まさか、またゲームのイベントが？）

先日の紛失《ふんしつ》事件のように、ジェイクが行動を起こさなくても、ゲームで起きたものと同じような事件が起きる可能性を思い出す。

（やっぱり早めに話しておくべきかも）

下手に情報を出し渋《しぶ》ったことで騒動が大きくなれば、それだけジェイクの負担も増えてしまうだろう。

(殿下はただでさえ忙しいのに。よし、やっぱり今話そう)

思い出したのは虫の知らせなのかもしれない。

「殿下」

「ん？」

「あの……実はですね……」

メルディが意を決して口を開いたその瞬間《しゅんかん》、なんの予告も無く扉《とびら》が開かれた音がした。

「帰ったぞ！」

同時によく通る声が生徒会室に響《ひび》く。

(えっ、この声って)

嫌《いや》な予感に全身がこわばった。

「お前……」

ジェイクの唸《うな》るような声が聞こえた。

視線を向ければ、ジェイクの表情がこわばっているのがわかった。

いつもの余裕さは欠片《かけら》も無く、瞳が一切《いっさい》笑っていない。

そのただならぬ様子に、メルディもまた血の気を引かせる。

「ジェイク、久しいな」

追い打ちをかけるように聞こえてきた声は、ゲームで何度も聞いたものだった。

ジェイクの視線を追うようにゆっくり目を向ければ、一人の青年がそこに立っている。

開けた扉にもたれるように背中を預けると、腕を組んで不敵に微笑《ほほえ》んでいた。

「うそ……」

獰猛《どうもう》な肉食獣《にくしょくじゅう》めいた琥珀色《こはくいろ》の瞳、闇夜《やみよ》のような黒髪《くろかみ》とほんの少し色付いた肌《はだ》。

口元に浮かべた皮肉を孕《はら》んだ笑みは、メルディがよく知るものにどこか似ている。

(早すぎる!)

ベイル・ジークムント。

彼こそが、つい先ほどまでメルディが思い出していた隠しキャラクターだ。

公爵家《こうしやく》の嫡男《ちゃくなん》である彼は、ジェイクとは親戚《しんせき》関係なので顔立ちはどこか似たものがある。

頭脳体術も優秀《ゆうしゅう》だが、いつもジェイクには一歩及《およ》ばない。

そのためジェイクには並々ならぬ対抗心《たいこうしん》を抱いており、それを隠さないことから周囲からは少しだけ浮いている、という設定だ。

性格は大胆不敵《だいたんふてき》で自由気ままと、まるで大型の猫《ねこ》。

ジェイクに次いで二番目に人気のあるキャラクターだった。

キャラクターの中で、唯一《ゆいいつ》ジェイクの本性《ほんしょう》に気が付いている存在でもある。

アマリリスがベイルルートに入ると、早々にジェイクが黒幕ではないかという考察がなされるのだ。

（ジェイクの天敵にして、犬猿《けんえん》の仲のベイルがなんでもう!?）

ベイルは一年ほど前、見聞を広めるために隣国に留学したのだ。

なお、この理由は建て前で、本当はジェイクと揉め事を起こしてほとぼりが冷めるまで国外に出されたというのが真相。

それほどまでに二人の関係はよろしくない。

だからこそ、メルディはジェイクにいずれベイルが帰ってきて関わってくるという話を切り出せなかったのだ。

本来ならば、夏期休暇の後に帰ってくるはずのベイルがなぜもうここにいるのか。

メルディは混乱で固まってしまう。

「やあベイル。久しぶりだね。もう帰ってきたのかい」

「ああ。呼ばれてはいないが帰ってきたぞ。あちらはまったく面白《おもしろ》いことがなくてな」

疲《つか》れたと言いながら肩《かた》をすくめたベイルは、メルディなど見えていないようにまっすぐにジェイクに近づいてきた。

向かい合って並んだ二人は、まるで鏡あわせに存在しているように見えた。

「ん？　なんだかお前、少し雰囲気《ふんいき》が変わったか？」

ベイルがわずかに目を見開き、ジェイクの全身をじろじろと無遠慮《ぶえんりょ》に確認《かくにん》する。

顎《あご》に手を当て、斜《はす》に構えてみせる仕草がなんともキザっぽい。

対するジェイクはふっと鼻先で笑うと、ゆったりとした仕草で腰《こし》に手を当てた。

「留学先から戻《もど》って早々、僕に会いに来るなんて君は相変わらずせっかちだね。長旅で疲れているだろうし、しばらくは公爵家に帰っていたらどうだい」

「何、快適な旅だったからそうでもない。それよりも、学園を離《はな》れていた期間を早く埋《う》めたくてね」

「べつに君がいなくても平和そのものだよ。生徒会だって新しい役員を入れて、円滑《えんかつ》に運営されている」

「ほぉ」

ベイルの目が意外そうに見開かれた。

「お前が新しい役員を入れるとはな、いったいどんな……」

そこまで口にしたベイルの視線が不意に下がり、隣《となり》にいたメルディへと注がれた。

琥珀色の瞳がまっすぐにメルディを見つめた。

ゆっくりと瞬《まばた》いたベイルが、ぎゅっと眉間《みけん》にしわを寄せる。

「……なんだこのチビは。まさかこんな小娘《こむすめ》が役員なのか」

全身でメルディを見下しているのが伝わってくる。

（ああ、そうでしたそうでした。ベイルってこういうキャラクターだった）

彼は見た目や地位、血統で人間を判断する系の男なのだ。

記憶力《きおく》の良い彼は、顔を見ただけでメルディが有力貴族ではないと判断したのだろう。

高位の貴族であればあるほど、外見に特定の特徴《とくちょう》が現れる。

メルディの生家であるフロト家は歴史こそそれなりにあるが、代々ヒラ貴族として生きてきたため、見た目は殆《ほとん》ど庶民《しょみん》と変わらない。

（あ～なんだか落ち着く）

入学して以来、ジェイクという後ろ盾《だて》を得てしまったメルディは、表立って貶《おとし》めるような態度を取ってくる生徒には遭遇《そうぐう》しないいままだった。

罵倒《ばとう》や虐《いじ》めを覚悟《かくご》していたのに、あまりにも肩透《かたす》かしである。

平和であるのは嬉《うれ》しいが、正直少しだけ怖《こわ》い。

学園内では身分は関係なく、全員が平等とは謳《うた》われているが、実際、家の地位や血統はかなり重要視されている。

同じ家格の生徒たちはそれぞれに派閥《はばつ》を作っていたりする。

（まあ私はどこにも入れてもらえないけど）

下級貴族の派閥も存在するのだが、メルディは声すらかけてもらっていない。

一度だけ、勇気を出して声をかけたことがあったが、なぜか逃《に》げられてしまった。

ベイルの無遠慮な態度に、なぜか逆に正しく扱《あつか》われているような気がしてくる。

(でもジェイク様は最初からそんな態度をとらなかったのよね)

出会った時に探《さぐ》るような視線を向けられたのは事実だが、秘密を明かしたあとも、前世の記憶を白状したあとも、ジェイクの態度はずっと一貫《いっかん》していた。

悪魔《あくま》に魅入《みい》られていないからだと思っていたが、二人は幼い頃《ころ》から同族嫌悪《けんお》するほどよく似ていたという設定を考えれば、二人の考え方は同じであるはずなのに。

何かが引っかかる。

少し考えたかったが、それよりも先にやらねばいけないことがあるとメルディは背筋を伸《の》ばした。

(とにかく挨拶《あいさつ》しないと)

メルディはしがない男爵家の人間。

そしてベイルは泣く子も黙《だま》る公爵家の跡取《あとと》りだ。

多少失礼な態度をとられたくらいで挨拶をしないなんてことになれば、実家にまで影《えい》響《きょう》が出てしまう可能性だってある。

スカートを軽くつまみ、静かに膝《ひざ》を折ろうとした、その時だった。

「いつから僕の人選に口出しできるようになったんだ?」

恐《おそ》ろしいほど冷え冷えとした声が頭上から降ってきた。

大きな手がメルディの肩を掴《つか》み、まるで庇《かば》うように後ろに下がらせる。

そして、ベイルの視線から隠《かく》すように立ち塞《ふさ》がったのは、ジェイクだ。

「それにノックもなしに扉《とびら》を開けるとは……留学先に礼儀《れいぎ》を忘れてきたのか」

普段《ふだん》からは信じられないような鋭《するど》い口調に、部屋の中の空気が氷点下まで下がっていくような気がした。

ジェイクの背中で見えないため、ベイルがどんな反応をしているのかがわからない。

「ふうん」

ただ一言、そんな呟《つぶや》きだけが耳に届いた。

数秒の間のあと、諦《あきら》め混じりのため息が聞こえてくる。

「お前しかいないと思って気が急《せ》いてしまった。非礼は詫《わ》びよう」

一切《いっさい》謝罪らしさのない口調ではあったが、ベイルは素直《すなお》に非を認めた。

どうやら無事に話が終わりそうで、メルディはほっと息を吐《は》く。

腐《くさ》ってもベイルは公爵家の跡取りだし、ジェイクとは幼い頃から付き合いもある。

無駄《むだ》な争いを避《さ》けてくれているのだろう。

そう思ったのに。

「だが、その女のことについては別だ」

ひょいっとのぞき込むように身体《からだ》をまげて、ベイルがメルディを冷たく見下ろす。

その冷酷《れいこく》な視線に、心臓を摑まれたような恐怖《きょうふ》を感じる。

どうやら先ほどはまだ取り繕《つくろ》ってくれていたらしい。

今のベイルはメルディに完全に敵意を向けているのが伝わってくる。

「俺の入会は拒《こば》んでおきながら、わけのわからん下位貴族の娘《むすめ》を入れるなんて……お前、何を考えている」

メルディを見下ろしていたベイルが、ジェイクに視線を向けた。

二人の間に流れる空気は重くて鋭い。

「少なくとも君に説明する必要はないよ。さあ、さっさと帰ってくれるかな」

声音《こわね》は穏《おだ》やかだし、微笑《ほほえ》んではいるがジェイクの機嫌《きげん》が最悪なのがひしひしと伝わってきて、メルディは冷や汗《あせ》を滲《にじ》ませる。

(こ、ここまで仲が悪いなんて)

ゲーム中でもベイルとジェイクは犬猿の仲だった。

通常のルート展開では、黒幕バレするまで始終穏やかな態度を貫《つらぬ》いているジェイクが、ベイルルートでは時折本性《ほんしょう》を覗《のぞ》かせるのだ。

(ベイルは最初からジェイクを疑ってかかっているから、アマリリスにもたくさん助言するんだよね)

ベイルルートは他《ほか》のキャラクターとは少しだけ毛色が違《ちが》い、コアな人気があった。

前世のメルディもベイルとジェイクが画面上でにらみ合っているルートが好きだった。

が、それは二次元に限る話だ。

(うええん、こわいよぉ)

泣きたいのをぐっとこらえ、メルディはジェイクに落ち着いて貰《もら》おうと、そっとその袖《そで》に手を伸ばす。

「ジェイク様、私は平気ですから」

小声で呼びかければ、ジェイクが一瞬《いっしゅん》だけメルディに視線を向けた。青い瞳《ひとみ》がわずかに揺《ゆ》らぎ、ひりついた雰囲気が少しだけ和《やわ》らぐ。

「とにかく今は忙《いそが》しい。話はまたにしてくれ」

そんなジェイクの言葉に、ベイルはようやく矛《ほこ》を収める気になったらしく、わざとらしくため息を吐《つ》きながら肩をすくめた。

「今日のところはここまでにしておこう。ただし、俺は絶対に誤魔化《ごまか》されないからな」

去り際《ぎわ》、メルディをちらりと見たベイルの視線はやはり冷ややかで、ひっと息を呑《の》んでしまう。

扉が閉まり、ようやく静寂《せいじゃく》が訪《おとず》れた時には、メルディはへなへなとその場に座り込んでしまった。

「大丈夫《だいじょうぶ》?」

滅多《めった》に取り乱すことがないジェイクが、少し慌《あわ》てた様子で床《ゆか》に膝を突《つ》き、メルディの身体を支えてくれる。

「だ、大丈夫です。びっくりしすぎて腰《こし》が抜《ぬ》けただけで……」

「……チッ」

聞き間違いでなければあのジェイクが舌打ちをした。

「とにかくソファに座って」

「は、はい」

動揺《どうよう》しながらもメルディはジェイクに支えられ、ソファに移動する。

ふかふかの感触《かんしょく》に、少しだけ心が落ち着いた。

「ごめんね。まさかあいつがこんなに早く帰ってくるとは……しかも君にあんな失礼なことを」

「いいんですよ！　私がチビで平凡《へいぼん》なのは事実ですから!!」

心からそう思いながらひらひらと手を振《ふ》れば、ジェイクがはぁと大きなため息を吐く。

「だとしても、下級生をあんな風に脅《おど》していい理由にはならないよ。君は、ベイルのことも知っているんだよね」

「はい……実はさっき、丁度そのことを話そうと思ってまして」

あまりのタイミングの良さに、気味が悪いくらいだ。

メルディは、ゲームではベイルは夏期休暇《きゅうか》後に帰ってくることや、ジェイクの陰謀《いんぼう》を誰《だれ》よりも先に暴《あば》くキャラクターとして動くことを説明した。

話を聞いている間中、ジェイクが貼《は》り付けたような笑《え》みを浮《う》かべているのがとにかく怖《こわ》かったが、極力明るい口調で説明し終えたのだった。

「なるほどね……」

全《すべ》てを聞き終えたジェイクは、顎《あご》に手を当て何かを考え込むように黙り込んでしまう。わずかに伏《ふ》せた瞼《まぶた》と長い睫毛《まつげ》が影《かげ》を作っていて、物憂《ものう》げな態度と合わさって絵画のような美しさを演出していた。

「あのアマリリスという子は、ベイルとも恋仲《こいなか》になる可能性が？」

「はい。ベイルルートもしっかりありました」

少し忘れがちだったが『はとる。』は乙女《おとめ》ゲームなので、しっかり恋愛《れんあい》要素がある。ベイルとの恋愛はあまり色気がある展開は少ないものの、最後はわりとがっつり恋人関係になって、濃厚《のうこう》なキスを交《か》わしていた。

そのことを思い出してしまい、思わず頬《ほお》が熱を持つ。

「……君は、そのゲームでベイルが好きだったの？」

「え？　いや、いやいや！　特に思い入れはありません！」

「……ふうん」

その答えに納得《なっとく》したのかしていないのか、ジェイクは短く息を吐く。

「君は知ってるだろうけど、僕とベイルは同い年ということもあって子どもの頃《ころ》から一緒《いっしょ》にされることが多くてね。僕は、このとおり人前では完璧《かんぺき》な王子を演じているけど、あいつはそれをせずに自由気まま……まあ、有り体《てい》に言えば正反対なんだ」

そうですね、と言いたいのをぐっとこらえメルディは大きく頷《うなず》く。

「何かと比較《ひかく》されることも多くてね。僕もあいつが嫌《きら》いだけど、あいつも僕が嫌いなのさ。だから留学して清々していたのにね」

さらりとわりと恐ろしいことをジェイクが口にする。

（ベイルが留学した理由って、王城でジェイクと喧嘩《けんか》……というか意見の相違《そうい》があって揉《も》めたからだったっけ）

ジェイクもベイルも未成年ではあるがすでに政治に関《かか》わっており、いろいろ政策を打ち出している。その中の一つにおいて二人は対立し、結果としてベイルは留学することになったのだ。

『あいつは俺が邪魔《じゃま》をすると思ったんだろう。腹立たしいやつだ』

ゲーム中には留学に至った経緯《けいい》を語るエピソードがあり、二人の因縁《いんねん》の深さを物語る重要なイベントとして有名だ。

（でも、べつにベイルはジェイクのことが嫌いなわけじゃないんだよね）

同族嫌悪《けんお》なのは事実だがベイルはジェイクの有能さをきちんと評価しており、だからこそ悪魔《あくま》との契約《けいやく》に手を染めたジェイクに激高する場面もあった。

ベイルルートでのハッピーエンドでは、悪魔との契約が不履行《ふりこう》になったことで眠《ねむ》りについたジェイクの目覚めをベイルが待っている、という一幕があり、それはそれは尊かった。

（……まって。ベイル様がジェイク様の親友になってくれればよいのでは？）

前世ではライバルと書いて親友と読むというジャンルが存在した。

立場上、親しくなるチャンスを逃《のが》し続けただけで、性格が似ているのだから、親友になるポテンシャルを持っているはずだ。

かつ二人の地位や立場が近しいので、ジェイクが学園を離《はな》れた後もその関係は継続《けいぞく》できること間違いなし。

（アマリリスとの恋愛が進まないなら、ベイル様との友情ルートを育《はぐく》めばいいのよ！）

天啓《てんけい》が下ってきたとばかりに、メルディは前のめりになる。

「ジェイク様。ベイル様は生徒会に入りたがっていたんですよね？」

「ん？　ああ、そうだよ。でも、基本的に生徒会は品行方正さをもとめられる。やりたい放題のベイルには向かないからって、先代の生徒会長が役員への任命を拒否《きょひ》したんだ」

（それを扇動《せんどう》してたの、たぶんジェイク様ですよね）

先代の生徒会長は、ジェイクが担《かつ》ぎあげていた御輿《みこし》だ。

判断の殆《ほとん》どは、ジェイクが決定していたと思われる。

「せっかくですし、ベイル様にも役員になってもらうのはどうですか？」

「は？」

低い声に身がすくむが、ここでくじけるわけにはいかない。

「ベイル様は私が生徒会役員である限り、ずっと絡《から》んでくると思うんですよね。だったら、もうベイル様を生徒会に引き込んで、巻き込んでしまえばいいんじゃないかなぁって」

こちらを見ているジェイクの視線がどんどん冷たいものになっていく。

ジェイクがベイルを嫌いなのは知っていたが、ここまでとは。

しかし今更《いまさら》発言を引っ込めるわけにはいかない。

「ほら、ベイル様も優秀《ゆうしゅう》じゃないですか。私よりもジェイク様のお役に立てるんじゃないかなぁって……」

「へぇ……そんな風に思うんだ」

あまりにも冷えた声に泣きそうになる。

失敗したと思ったが、もはや元のもくあみだ。

「反対だな。あいつは僕のやることに反論するのが好きなんだ。円滑《えんかつ》な生徒会運営にベイルは必要ない」

「……はい」

反論できなかった。

「ベイルが認めようが認めまいが、君は僕が選んだ役員だ。胸を張っていればいい」

「そうです、ね……」

「彼のことは僕に任せて、君は関わらないように。わかったね」

「はい！」

これ以上ジェイクの機嫌《きげん》を損《そこ》ねないためにも、メルディは元気よく返事をした。

(親友作戦は難しいかも)

そう考えながら、メルディはこの先について思いを巡《めぐ》らせた。

なのに。


「おいそこの小娘《こむすめ》。お前だ、お前」

翌日。

授業が終わり、寮《りょう》に帰ろうとしていたメルディを引き留めたのはベイルだった。

運の悪いことに今日もジェイクは王子としての職務があり学園を休んでいる。生徒会活動も休み。メルディは久しぶりの休日を、ゆっくり自室で過ごすつもりだったのに。

「……ごきげんよう、ジークムント様。何か御用《ごよう》でしょうか」

無視をするわけにもいかず、メルディはとりあえず猫《ねこ》を百匹《ぴき》ほど被《かぶ》った仕草でベイルに向かって膝《ひざ》を折る。

相手は先輩《せんぱい》で公爵《こうしゃく》家。メルディとは温室のバラとその辺に生えている雑草くらいの格差があるのだ。これでもかと丁寧《ていねい》な態度をとっておくに越《こ》したことはない。

「お前、昨日ジェイクの傍《そば》にいた小娘だな？」

「えっ、えっとぉ……」

違《ちが》いますと叫《さけ》べればどれほどいいだろう。

「ふん……見れば見るほどに貧相な娘だ。なぜお前のようなやつが……」

ベイルが思い切り目を細め、メルディを上から下までじろじろと無遠慮《ぶえんりょ》に睨《にら》み付ける。

蛇《へび》に睨まれたカエルはこんな気持ちなのかもしれない。

相手が本気になったらひと飲みだ。勝負にすらならない。

というか逆らう気はないのだ。

食べても美味《おい》しくないから、どうか見逃《みのが》して欲しい。

「話がある。付き合え」

回れ右して逃《に》げたい。メルディは切実にそう思った。

ジェイクからはベイルには関わるなと言われている。もしジェイクが不在の時に、話をしたなどバレたらどうなるか。

冷たい汗《あせ》が背中を伝う。

「まさか俺に逆らう気か？　だったらお前の実家に……」

「とんでもございません。どこへなりともついて参ります」

メルディの実家などベイルが本気になれば消し飛んでしまうだろう。

心の中でジェイクに詫《わ》びながら、メルディはすごすごとベイルについていくことになったのだった。

連れてこられたのは学園の奥にある温室だった。

しかも、生徒の出入りが許されている区画ではなく、高位貴族だけが使えるサロンとなっている場所だ。

平等を掲《かか》げる学園に、そういう場所があるのはおかしいと思ったこともあるが、ジェイクについて生徒会活動をしていると、時にはこういう場所が必要なのがよくわかる。

高位の貴族ともなれば政治に絡んだ話をする必要もあるし、お忍《しの》びで家族が会いに来ることもあるのだ。

そういった時の会談の場所として、ここが設けられているらしい。

ジェイクは生徒会室を使うため、このサロンに足を向けることは殆どなかった。

(うわぁぁ。ゲームのままだわ)

ゲーム中、ベイルルートで好感度をあげると、このサロンでお茶をするというイベントが起きる。

今まさに目の前にその時のスチルそのものの光景が広がっており、メルディは状況《じょうきょう》を忘れて「聖地だ！」と頭の中ではしゃいでいた。

温室の中はバラにはじまる上品な花々が咲《さ》き乱れており、とにかく美しい。花の香《かお》りを壊《こわ》さない優《やさ》しい香りの紅茶まで用意されており、ロイヤルな空気だ。

「ずいぶんと落ち着いているな」

「えっ、いや、あの……」

「さすがはあのジェイクが役員に任命しただけある、といったところか。だが度胸があるくらいで俺が認めると思うなよ」

「はは……」

ただ単に現実逃避《とうひ》していただけですとはいえず、メルディは苦笑いを浮《う》かべる。

テーブルを挟《はさ》んで向かい合わせの席に座っているベイルは、せっかくの紅茶にも手を付けず腕《うで》を組んだままじっとりとした視線をメルディに向けていた。

居心地《いごこち》の悪さを誤魔化《ごまか》すために、メルディは紅茶を飲むふりをしつづけて視線を逸《そ》らすだけで精一杯《せいいっぱい》だ。

「ジェイクめ……俺を生徒会に入れないだけでは飽《あ》き足らず、こんな小娘を……」

鋭《するど》い視線には隠《かく》す気のない敵対心が剝《む》き出しになっている。

（私が気に食わない以上に、ジェイク様への反抗心《はんこうしん》とか諸々《もろもろ》がある感じよね）

ゲーム中、ベイルがアマリリスに語るジェイクへの心境はわりと複雑なものだ。

偶然《ぐうぜん》同じ年に生まれただけで、天才であるジェイクとずっと比較《ひかく》され続ける運命を背負ってしまった。

しかもジェイクはいずれ王位を継《つ》ぐ存在だ。

そして公爵家を継ぐベイルは、必然的にジェイクの家臣として生きていく宿命にある。

状況によっては精神的に歪《ゆが》んでしまってもおかしくないのに、ベイルはまっすぐにジェイクと向き合った。

もともとの性根《しょうね》が善良なのだろう。

皮肉屋で性格が悪いところはあるが、実はジェイクが孤独《こどく》な王様にならないように、傍にいようと密《ひそ》かに努力を重ねていたのだ。

だが、対するジェイクはそんなベイルの努力を知らず、本心を隠しつづけ、誰《だれ》も気が付かないうちにゆっくりと歪んでいってしまっているのだが。

結果として、学園に入学する頃《ころ》には二人には距離《きょり》ができていた。

ジェイクは自分を完璧《かんぺき》に偽《いつわ》り、誰に対しても人当たりの良い人物像を身に付け、ベイルは逆に人を煽《あお》るような態度を取る人間として周囲に認知《にんち》されていった。

思春期も相まって、二人が仲良くなるタイミングは完全に失われてしまうのだ。

（でも、もし何か一つでも違っていたら、ジェイクとベイルは親友だったかもって思わせる空気だったのよね）

だからこそ、メルディは二人を親友にしたいと考えたのだ。

（今のジェイク様は話が通じない人じゃないわ。私がとりもてばきっと二人は友人になれる気がする）

楽観的な考えではあるが、可能性がないわけではない。

（だからなんとしてもベイルと仲良くならないと）

失敗は許されないとメルディは背筋を伸《の》ばす。

そんな決意を知ってか知らずか、ベイルはどこか冷めた目をメルディに向けている。

「メルディ・フロト。両親は揃《そろ》って存命。跡継《あとつ》ぎの兄は現在、王城に士官中。弟はまだ幼い。父親であるフロト男爵は勤勉だが抜《ぬ》きん出て優秀《ゆうしゅう》というわけでもなく、フロト家もいたって平凡《へいぼん》。母親の生家は、子爵家だが特に交流はなし。王都にあるタウンハウスには数名の使用人と、犬がいるだけ……聞けば聞くほどに平凡だな」

唐突《とうとつ》につらつらと語られたのはメルディの明らかな個人情報だ。

いったいいつ調べたのかと悲鳴を上げたくなるが、ベイルは公爵家の嫡男《ちゃくなん》。いくらでも方法はあるだろう。

「どうやってジェイクをたらし込んだ？　まさか、あいつの愛妾《あいしょう》にでも収まる気か？」

「めめめめっそうもない！」

メルディは慌《あわ》てて首を振《ふ》る。

そんな考えはつゆほどにも持っていない。

恐《おそ》れ多いにも程《ほど》があるし、ジェイクの好みはアマリリスのような正統派美少女だ。

間違ってもメルディのようなどこにでもいるような平凡な女ではないと断言できる。

「私は縁《えん》あってジェイク様に拾ってもらっただけです。その、少しばかり事務……というか書類整理が得意で」

「そんなことぐらいでジェイクが人を重用するわけがないだろう。あいつは自分の利益にならないことには一切《いっさい》興味を持たない人間だ。書類整理だけならば、親が文官をしている生徒を引き込めばいい。なのになぜお前なんだ」

完全にメルディを疑っているベイルの態度に、メルディは泣きそうになる。

事実を話すわけにはいかないし、話したところで信用してもらえるとも思えない。

「本当なんです！　入学前に見学に来た時に、ジェイク様に助けてもらって、それで……」

「は？　ジェイクがお前を助けたのか？　どうしてだ？」

ベイルの表情が一変した。

驚《おどろ》きで目を丸くしている様子は、どことなくジェイクに似ている。

「えっ……えっと迷子になって」

「迷子？　この学園でか」

「……はい」

本当はちょっとだけ違《ちが》うのだが、周囲にジェイクと知り合った経緯《けいい》としてはそういう説明をしているので嘘《うそ》ではない。

「お礼にジェイク様の仕事を手伝わせて欲しいとお願いして春休みの間、学園に来てたんです」

ベイルには嘘が通じない気がして、メルディは本当のことだけ説明した。

前庭の改築に意見をしたこと、ジェイクの目の前で噴水《ふんすい》に落ちたことや、ペットの犬を連れてきたこと。

語りながら、あまりいい思い出はないな、と遠い目をしてしまうのはご愛敬《あいきょう》だ。

そして悪魔召喚《あくましょうかん》の書を見つけたことは伏《ふ》せ、春休みの活躍《かつやく》が認められ生徒会に抜擢《ばってき》された、と説明した。

「と、いうわけでして……ん？　ベイル様？　どうしましたか？」

話し終えてベイルに視線を戻《もど》せば、なぜかベイルが俯《うつむ》いて身体《からだ》を震《ふる》わせていた。

あまりにくだらなすぎて逆鱗《げきりん》に触《ふ》れてしまったのではないだろうかと血の気が引く。

（もしかして走って逃《に》げるべき？）

最悪の予感に固まっていると、ふっ、と吐息《といき》が漏《も》れるような音が聞こえた。そして。

「ははは！　お前、面白《おもしろ》いな。なるほどな！」

突如《とつじょ》笑い出したベイルに、今度はメルディが目を丸くする。

「えっ、えっとぉ……？」

こんなに笑うベイルはゲーム中でも見たことがない。アマリリスと過ごすベイルはどちらかと言えば、ツンデレに近い態度でクールなキャラクターだった。

もしかしてこれも悪魔召喚の書をジェイクが使っていない影響《えいきょう》なのだろうか。

混乱しながらもメルディは笑い続けているベイルが落ち着くのを待った。

ひとしきり笑ったベイルは、涙《なみだ》の滲《にじ》んだ目元を拭《ぬぐ》いながらにんまりと意地の悪そうな笑《え》みを浮かべる。

「メルディ・フロト。お前、なかなか見所のある女だな」

「へっ!?」

つい先ほどまであんなにも敵対心を剝き出しにしていたのにいったいどういう心境の変化だろうか。

わけがわからないと視線を泳がせれば、ベイルはますます楽しそうに口元を歪めた。

「早く帰ってきた甲斐《かい》があったということか」

うんうんと一人納得《なっとく》したように頷《うなず》く姿に、メルディははたと気が付く。

「あの……ベイル様は隣国《りんごく》に留学されてたんですよね。ジェイク様がお戻りが早いというようなことをおっしゃっていましたが……」

本来ならベイルが留学先から帰ってくるまであと数ヶ月の余地があったはずだ。

なのにどうしてこんなに早々に帰国したのか。

予定通りなら、何か準備ができたのに。

「ああ。本当ならば夏期休暇《きゅうか》後に帰る予定だったんだが……俺の父親が体調を崩《くず》してな。母親が帰ってこいと言ってきたんだ」

「え⁉」

思わず大きな声が出てしまう。ベイルの父親といえば、国内最有力貴族の公爵《こうしゃく》であり現宰相《さいしょう》の任に就《つ》いている人のはずだ。

そんな人が病気だなんて一大事ではないだろうか。

「例のクーデターの影響で隣国もこの国も落ち着かないからな。不安になったのだろう」

「ああ……」

メルディは大きく頷く。宰相ともなれば、ジェイク以上に仕事も多く大変だろう。

「公爵様のご様子はどうですか？　夫人も心細いですよね」

家族が病気だなんて不安で当然だ。

以前、メルディの父親が腰《こし》をやって寝込《ねこ》んだ時など家族全員がかわるがわるに父に付き添《そ》って大騒《おおさわ》ぎしたことがあった。チャッピーなんて、ずっと枕元《まくらもと》に控《ひか》えていたくらいだ。

「落ち着かない状況《じょうきょう》かとはおもいますが、どうかお身体を大切にされるようにお伝えくださいね。無理をすれば、あとに響《ひび》きますし。ベイル様も、帰国したばかりなんですからお気を付けください」

心配しすぎてそんなことを早口でまくし立てれば、ベイルがぽかんとした表情を浮《う》かべていた。

「ベイル様？」

「あ……いや、心配には及《およ》ばない。幸いにも軽い風邪《かぜ》だったようだ。疲労《ひろう》もあったのだろう。今はもう仕事にも復帰している。俺もこのとおり健康だ」

「それはよかったです」

力強く頷けば、ベイルが何か奇特《きとく》なものを見るようにメルディを見つめる。

「お前、面白い女だな」

かつて数多《あまた》のゲーム中で散々見てきたセリフだった。

一瞬《いっしゅん》、疲《つか》れで脳みそがバグッたのかと思ったが、どうやらそうではないらしい。

メルディをじっと見つめるベイルの表情は、なぜかキラキラと輝《かがや》いている。

やばい。本能的にそう感じた。

「俺はてっきりお前が何かしらあいつの弱みでも握《にぎ》って近づいたのかと思ったが、どうやらそうではないようだ」

（むしろ私の方が弱みを握られているんです！）

悪魔召喚の書を使わない約束と引き換《か》えに、ジェイクの遊び相手として生徒会に入ったのだ。明らかにメルディの方が立場が弱い。

ベイルの瞳《ひとみ》から敵意が消えるのと同時に、メルディに対する好奇心《こうきしん》のようなものが芽生えたような気配を感じる。

わずかに口角を上げたその表情に、思い切り既視感《きしかん》を覚える。

（ジェイク様と同じ顔してるぅぅ）

メルディの正体を知り「遊び相手になれ」と口にしたときの表情そっくりだった。

嫌《いや》な予感にじわっと冷や汗《あせ》が滲む。

「お前、他《ほか》にも何か隠《かく》しているだろう」

唇《くちびる》を引き結んでいたから悲鳴を上げずにすんだが、覚悟《かくご》していなかったら確実に叫《さけ》んでいただろう。

「な、何かって」

「たしかにお前は面白い女だが、それだけであのジェイクが傍《そば》に置くとは思えない。お前にはまだ何か他にあると考えるのが妥当《だとう》だろう？」

さすがはジェイクの親戚《しんせき》というべきか。

これ以上、話をしていたら絶対に余計なことを言ってしまう。そんな予感がした。

「あ、あはは～！　まさか！　私はいたって普通《ふつう》の生徒です。きっとあまりに庶民《しょみん》的すぎて珍《めずら》しがられているだけですよ」

　わざとらしく明るい声を上げて、おどけた仕草をしてみせる。

　ベイルにはメルディではなくジェイクに興味を持って貰《もら》いたいのだ。

「ジェイク様は私のようなものにも目をかけてくださる素晴《すば》らしい方なんですよ。最近では、他の生徒たちとの交流にも積極的で、ますます評判があがってるんです」

　ここぞとばかりに最近のジェイクについて説明をはじめれば、ベイルの片眉《かたまゆ》がほんの少しだけあがった。

「ほう？　あいつが他の生徒に？」

「ええ」

　もちろんそれはメルディが何気なく水を向けて他の生徒たちと会話するように仕向けたり、無理矢理《むりやり》アマリリスと会わせたりも含《ふく》まれるが、本当に今のジェイクは以前ほど感情が読めない人物ではないように思う。

　どこがとはいえないが、目が合ったときの表情とか口調とかそういったものがやわらかく、一緒《いっしょ》にいても緊張《きんちょう》したり息苦しくなったりしないのだ。

　最初はやはり自分を殺す設定のキャラクターなので怖《こわ》いという気持ちもあったが、今はそんな気持ちは一切《いっさい》ない。

「ジェイク様は変わったと思うんです。だからベイル様、どうか、ジェイク様の親友になってください！」

「は？」

ベイルが思い切り目を丸くする。

「俺とあいつが？　というか、なんでお前がそんなことを」

「いろいろと深い事情があるんですが、私、ジェイク様にはもっと人と関《かか》わって欲しいんです。お節介《せっかい》なことを言ってる自覚はあります。でも、ベイル様だったらきっとジェイク様とわかり合える気がするんです」

「……」

「ジェイク様って、優秀《ゆうしゅう》過ぎて生きるのが不器用って言うか……人を信用するのが苦手なんです。でも、ジェイク様はいずれは王様になるんだし、孤独《こどく》な人にはなって欲しくなくて……それにお友達がいた方が、学園生活は楽しいじゃないですか」

「お前……」

「お願いします」

深く頭を下げればベイルが戸惑《とまど》っている気配が伝わってくる。

あまりにも唐突《とうとつ》なことを言っている自覚はある。それでも、今のメルディには頭を下げることしかできないのだ。

「お願いしますベイル様、どうか……」

「何を話してるのかな？」

「……！」

メルディの言葉を遮《さえぎ》った声に顔を上げれば、サロンの入り口にジェイクが立っていた。にっこりと貼《は》り付けたような笑《え》みを浮かべるジェイクの背中に黒い羽が生えているように見えて、メルディはひっと息を呑《の》む。

軽い足取りでこちらに近づいてきたジェイクは、とても自然な動きでメルディの横に座るとベイルをまっすぐに見据《みす》えた。

「僕に隠れてこそこそと何してるのかな？」

「こそこそなどしていない。お前こそ、今日は休みじゃなかったのか。仕事はどうした」

「僕の不在を狙《ねら》って良からぬことを考えてる生徒がいないか心配になって、顔だけ出しに来たんだよ」

「ほお」

二人の表情は笑っているが、やはりその雰囲気《ふんいき》はどこまでも険悪だ。

せっかくベイルにジェイクとの友情育成をお願いできるチャンスだったのに、もうそんな方向に持っていく余裕《よゆう》すらない。

はらはらとその様子を見守っていると、ジェイクがぐるりとメルディに顔を向ける。

「メルディ」

「はい！」

名前を呼ばれ、メルディは背筋を伸《の》ばして大きな声で返事をした。

「僕からのお願いだ。今後、この男には決して関わらないように」

「えっ、でも」

「わかってるよね？」

有無《うむ》を言わさぬ口調にメルディは壊《こわ》れた人形のようにガクガクと頷《うなず》く。ジェイクは満足げに大きく頷くと、再びベイルに向き直る。

「彼女は僕が認めた優秀な生徒だよ。不満があるなら先生たちにも話を聞いてみるといい。メルディはしっかりと仕事をこなしてくれているから」

「あ……」

じわっと胸の奥が熱を持つ。

まさかそんな風にジェイクにまっすぐ褒《ほ》められるとは思ってもいなかった。

遊び相手として傍に置かれているとばかり思っていたのに、メルディの能力もちゃんと評価してくれているという事実が、少しだけ照れくさい。

「心配するな。もう疑ってはいない」

「……は？」

「メルディ・フロトは面白《おもしろ》い女だ。お前が気にかけるのもわかる。俺も気に入ったぞ」

なぜだかその場の温度が下がったような錯覚《さっかく》に襲《おそ》われる。

肌《はだ》が粟立《あわだ》つ奇妙《きみょう》な緊張感《きんちょうかん》に視線を泳がせれば、隣《となり》に座っているジェイクがベイルに鋭《するど》い視線を向けていた。

(なんで)

その表情にメルディは悲鳴を上げそうになる。

感情のすっぽりと抜《ぬ》け落ちた人形のように美しい顔。色をなくした瞳。それは、ゲーム中に黒幕としてアマリリスたちの前に現れたジェイク、そのものだった。

「メルディ、帰るよ」

「えっ、あっ、ジェイク様⁉」

腕《うで》を摑《つか》まれ無理矢理立ち上がらされる。

強引《ごういん》な力強さに腕が痛みを訴《うった》えた。

振《ふ》りほどくべきなのに、有無を言わせない雰囲気に、メルディは抵抗《ていこう》できず、そのままジェイクに引きずられるようにサロンの外に出た。

ベイルがなぜか楽しげにひらひらと手を振っているのが一瞬《いっしゅん》だけ見えた。

サロンから出たあとも、ジェイクはメルディの腕を放す様子はなく、早足でずんずんと進んでいく。

すでに授業が終わっているため、茜色《あかねいろ》に染まった廊下《ろうか》には人気《ひとけ》がない。

「ちょ、ジェイク様！　どうしたんですか」

返事はなく、少し先を進むジェイクの表情は見えない。腕を掴む力は強く、メルディは小さく悲鳴を上げた。

「……！」

その声が聞こえたらしく、ジェイクがようやく立ち止まり、掴んでいた腕を解放してくれた。

突然《とつぜん》だったため、支えを無くした身体《からだ》が一瞬よろめいてしまう。

「あっ」

「メルディ」

傾《かし》いだ身体を支えたのはジェイクの腕だった。まるで抱《だ》きしめられるような体勢になってしまう。

てっきりすぐ解放されるかとおもったのに、ジェイクの腕は緩《ゆる》まないままで。

（え、ええ）

メルディは抱きしめられたままあわあわと両手を上下させる。

「ジェイク様、ちょ、どうしたんですか」

もし誰《だれ》かに見られでもしたら、誤解どころではすまない。生徒会役員として目をかけてもらっているという言い訳が通用しなくなってしまうだろう。

「なんでベイルと？」

地を這《は》うような低い声だった。

「僕、言ったよね？　あいつには関わるな、って……僕との約束を忘れたの？」

「ちが……」

ジェイクの顔がぐっと近づく。

ふわりと香《かお》る、香水《こうすい》の匂《にお》いに混ざる汗《あせ》の匂いに、ジェイクがメルディを捜《さが》すために急いでここにきたことを感じる。

「あいつは僕を嫌《きら》ってるんだ。君のことを知って何もしないとでも？　もう少し危機感を持って」

「あの、ベイル様はそんな人じゃ……」

「は？」

心臓を鷲《わし》づかみにされたような気がした。

あまりにも冷たく恐《おそ》ろしい声だった。

ゲーム終盤《しゅうばん》、黒幕王子としてアマリリスたちの前に正体を現し、悪魔《あくま》と融合《ゆうごう》しかけたジェイクの姿が今のジェイクに重なる。

「ジェイク様⁉」

メルディは自分からジェイクの身体にすがりついていた。

「大丈夫《だいじょうぶ》ですか？　あの本、触《さわ》ってないですよね？　悪魔となんか取り引きしてないですよね!?」

もしそうなら今日までの日々が全部無駄《むだ》になってしまう。

おねがいだから、変わらないでと願いながらジェイクの顔をのぞき込めば、青い瞳《ひとみ》がわずかに揺《ゆ》れる。

「……君が僕を疑うんだ」

「えっ……？」

「君は僕との約束を守らないのに、僕のことは信じないんだ？」

ジェイクの声は失望と怒《いか》りに染まっていた。

咄嗟《とっさ》にその理由が理解できず、メルディは固まってしまう。

何か言わなければいけないのはわかるのに、言葉が出てこない。

「そんなに僕が信用ならない？　言ったよね、君が遊び相手でいてくれる限りあの本には触《ふ》れないって」

「ちがっ……」

自分のしてしまった過《あやま》ちに気が付いたメルディが青ざめ、ジェイクに手を伸ばすとその腕はジェイクによって乱暴に掴まれる。

「そうだね、君は死にたくない一心で僕の傍《そば》にいたんだった。恋仲《こいなか》の男がいれば悪魔と契《けい》約《やく》した僕に勝つこともできるんだよね？　君はベイルと一緒《いっしょ》に僕を倒《たお》すつもりなのかな？」

「ジェイク様……ちがうんです、私は、ただ……あの本を……」

とっくの昔に自分のことはあとまわしになっていた。

メルディの願いは、この先ジェイクが悪魔召喚《しょうかん》の書を手放して、このまま何ごともなく生きてくれることだ。

先ほど、ベイルに伝えた言葉こそメルディの心からの願いだった。

（ジェイク様がアマリリスやベイル様と仲良くなって、生きるのが楽しいって思えるようになってほしい）

あの日、あの本を見つけなければよかったのに。

ジェイクに何も知られないままあの本さえどこかにやってしまえば、こんなことにはならなかったのに。

勝手にあふれた涙《なみだ》で喉《のど》が詰《つ》まる。

「……もう、どうでもいい」

掴まれていた腕があっけなく解放される。離《はな》れた体温のせいで、急に寒さを感じた。

「もういいよ。君と遊ぶのはやめだ。ああ、心配しなくてもあんな本に興味はない。これ以上、縛《しば》るつもりもないから生徒会も好きにしたらいい」

何かを諦《あきら》めたような言葉を残し、ジェイクはその場を立ち去っていった。

メルディは追いすがることも言い訳することもできず、自分の涙が地面に落ちるのをただ見つめていることしかできなかった。

第五章　そして全てがハッピーエンド

生徒会室にはジェイクがペンを走らせている音と、アンとメルディが書類をめくる音だけが響《ひび》いている。

ジェイクに「もういい」と言われてすでに数日が過ぎていた。

最初は生徒会を辞《や》めるべきかと思ったメルディだったが、どうしてもジェイクの傍《そば》を離れられなかったのだ。

翌日、いつも通りに生徒会室にやってきたメルディに、ジェイクは何か言いたげな視線を向けていたが、特に声をかけられることはなかった。表情もこれまで通り、会話もするし生徒会の仕事もこなす。

しかし、以前のように休み時間の度《たび》に顔をあわせたり、二人で一緒に過ごすような時間は皆無《かいむ》になった。

加えて、ジェイクの忙《いそが》しさにも拍車《はくしゃ》が掛《か》かり、学園にいないことも増えていた。

かつては一人になりたくてしかたがなかったのに、今は隣《となり》にジェイクがいないことがひどく落ち着かない。

「あら、とうとう殿下《でんか》の目が覚めたようですわね」

以前、ジェイクとの付き合いを止《や》めるように声をかけてきた上級生の女生徒たちが、嬉《うれ》しさを隠《かく》しきれない様子でメルディに声をかけてくる。

その表情には同情と嘲《あざけ》りが含《ふく》まれていて、メルディははじめて彼女たちに嫌《いや》な気持ちを抱《いだ》いた。

「あなたもようやく身の程《ほど》を理解したのではなくて？　この機会に生徒会もお辞めになればいいのに」

「そうですわ。役員になりたい生徒はたくさんいるんですのよ？　身を引いた方がよろしいのではなくて？」

彼女たちはジェイクがメルディを見放したと思っているのだろう。

遠慮《えんりょ》のない攻撃《こうげき》が弱っている心を踏《ふ》みつける。

これまでは何を言われても平気だったのに、今はこんなにも苦しい。

そもそもの原因はジェイクとはいえ、やはり入学してからの日々はジェイクに守られていたことを痛感する。

「お返事くらいしたらいかが？」

「まあまあ。彼女もまだ気持ちの整理が付いていないんですわ。追い打ちをかけるのはやめて差し上げましょうよ」

集団の中の一人が、やけに甘ったるい声をあげた。

「あなたも何も知らなかったんでしょう？　ジェイク様も酷《こく》よね。あなたのような初心《うぶ》な子を弄《もてあそ》んで……」

まるでジェイクが悪いかのような発言にカチンときてしまう。

何も言い返さず黙《だま》っていようかと思ったが、メルディは我慢《がまん》できずに口を開いた。

「私は、べつに弄ばれたなんて思ってません。生徒会も辞めたりしません。お仕事はちゃんとするつもりです」

「まあ……そんなに強がらないで」

クスクスと意地悪く微笑《ほほえ》む姿に苛立《いらだ》ちがこみ上げる。

もうこれ以上ここにいたくなくて立ち去ろうとするが、一人の女生徒がわざとらしく大きな声を上げた。

「あなただって居辛《いづら》くなると思うわ。だって、もうすぐジェイク様には素晴《すば》らしい婚約者《こんやくしゃ》ができるんですのよ？」

「え……」

時が止まった気がした。

ぽかんとした表情で固まるメルディに、発言した女生徒がにんまりと微笑む。

「あら？　ご存じなかったの？　ジェイク様は隣国《りんごく》の王女殿下と婚約することが内々に決

まったそうですわ。ベイル様が早くに帰国されたのも、その調整だと聞いておりますわ」

「隣国の王女殿下は才色兼備《さいしょくけんび》な方と有名ですものね。殿下に相応《ふさわ》しいわ」

「両国の関係も強固になる素晴らしい婚約ですわよね」

「殿下がどなたかのものになるのは寂《さび》しいですけれど、大変良いお話ですわよね」

そんなの知らない。

ベイルだってそんなことは一言も言っていなかったのに。

でも理解はできた。隣国と手を組むのにこれ以上の方法はない。姻戚《いんせき》になれば、あらゆる交渉《こうしょう》が円滑《えんかつ》に進むと言えよう。

驚《おどろ》きと混乱で立ち尽《つ》くすメルディの様子に女生徒たちはようやく溜飲《りゅういん》を下げたらしく、貴族令嬢《れいじょう》らしい上品な笑《え》みを浮《う》かべて去って行った。

そこからどうやって自室に帰ったのか記憶《きおく》になかった。

気が付いた時にはベッドに横になっていて、外はもう夜だった。

「メルディ。食事もとらないでどうしたの？」

心配そうにのぞき込んでくるアマリリスの姿に、涙腺《るいせん》が緩《ゆる》みそうになる。

シーツで半分顔を隠したまま、メルディはぎこちなく微笑む。

「なんでもないの。ちょっと疲《つか》れちゃって」

気丈《きじょう》に振る舞ってはみたが、声は震《ふる》えているしきっとひどい顔をしていることだろう。

予想通り、アマリリスは納得《なっとく》してくれなかったらしくぎゅっと眉間《みけん》にしわを寄せた。

「……殿下と喧嘩《けんか》でもした？」

いっそ、喧嘩ならどれほど良かったことだろう。

「喧嘩なんてできないよ。私とジェイク様はそんなんじゃないもの」

メルディとジェイクの間にあったのは、一方的な約束だけで、対等な関係ではない。端的《たんてき》に言えば、ジェイクがメルディへの興味を失った。それだけのことだ。

「でも、メルディは悲しいんでしょう？」

「……わからないの」

この気持ちがなんなのか、名前が付けられない。

ジェイクに疑われた時も、「もういい」と言われた時も苦しかった。もっとジェイクを信じるべきだった。自分の不甲斐《ふがい》なさに腹が立った。

でも今日感じたのは、それとはもっと違《ちが》う衝撃《しょうげき》だった。

ジェイクが誰《だれ》かと婚約する。しかもメルディが知らない相手と政略的に。

一言教えてくれてもよかったのにという子どもっぽい拗《す》ねた気持ちや、愛情のない相手と結婚してしまうジェイクへの悲しみにも似た苛立ちがない交ぜになって頭の中がぐちゃぐちゃだった。

(王女様と結婚して、ジェイク様は本当に幸せになれるの？)

またずっと己《おのれ》を偽《いつわ》って生きていくことになるのではないかと問いかけたかった。

メルディにそんなことを聞く権利がないことはわかっている。ジェイクとメルディの間には先輩《せんぱい》と後輩《こうはい》という関係しかないのだから。

シーツの中に潜《もぐ》り込んだメルディの頭を、アマリリスが優《やさ》しく撫《な》でていてくれる。

「殿下とお話しできなくてさみしいのね」

その言葉がすとんと胸に落ちた。

記憶が戻《もど》ってからのメルディの毎日にはいつもジェイクがいた。

本当なら、メルディを殺すはずの人で、ゲームの黒幕なのに、なぜか一緒《いっしょ》に過ごすのが当然のような存在になっていて、メルディの中心はいつもジェイクだったのだ。

「さみしい」

「じゃあ、仲直りしなきゃね。私も一緒に行ってあげるから、殿下とお話ししましょう」

「……うん」

さすがは主人公と言いたくなるアマリリスの優しさに、メルディは涙《なみだ》を滲《にじ》ませながら小さく頷《うなず》いたのだった。


翌日は学園の裏に広がる雑木林での課外授業だった。

薬草や鉱石などを実際に目で見てスケッチすることで学びを深めるというもので、半分は勉強漬《づ》けの生徒たちの気分転換《てんかん》も兼《か》ねている。

この頃《ごろ》は何かと籠《こ》もりがちだったので、外の空気が清々《すがすが》しく感じた。

アマリリスに話を聞いてもらったおかげか、気持ちはずいぶんと楽になっていた。

(戻ったらジェイク様とちゃんと話をしよう)

隣国の王女との婚約についても、それがジェイクの選択《せんたく》なら全力で応援《おうえん》したい。

胸が痛いのは、ジェイクがメルディに話してくれなかった寂しさからだ。

あの日、ベイルと無断で話していたメルディに怒《おこ》ったジェイクの気持ちが痛いほどわかってしまった。

振《ふ》り返ってみれば、アマリリスとくっつけようとしたり勝手にベイルとの仲をとりもとうとしたり、勝手な考えで動いていたと思う。

ジェイクに信用していないと思われても仕方がないと今ならわかる。

身勝手にメルディを振り回したり脅《おど》してきたりといいところばかりではないが、できればこの先もジェイクとは繋《つな》がっていたいと思っていることをきちんと伝えたい。

その上で、ジェイクにはたくさんの人と交流を深めて欲しいとお願いするつもりだった。

もともとメルディは入学式の日に死んでいる運命だったのだ。

つまり今は余生。

死ぬことにくらべれば大抵《たいてい》のことはかすり傷でしかない。

どうせジェイクの卒業までの間だ。

彼の遊び相手として人生を消費したっていいじゃないか。

そう腹をくくってしまえば、ずいぶんと気持ちは楽だ。

「よぉっし！　元気出てきた！」

貴族令嬢らしからぬ声で気合いを入れていると、少し離《はな》れた場所から誰かが走ってくる足音が聞こえた。

みればそれは血相を変えたアマリリスだった。

「えっ⁉」

「メルディ、逃《に》げて」

「アマリリス？」

「武器を持った男の人たちが……きゃあ！」

アマリリスが走ってきた方角から、生徒たちの悲鳴と大きな物音が聞こえた。

目をこらせば、アマリリスの言うとおり柄《がら》の悪い男たちが武器を振り回しながら生徒たちを追いかけている。

「何、あれ……」

「わからないわ。護衛もみんな倒《たお》されて……」

怯《おび》えを孕《はら》んだ声に、メルディもまた顔色を変える。

「今、何人かの生徒が学園に助けを求めに行ったけど……」

散り散りになって逃げていく生徒たちの姿が目に入る。

ここから学園の敷地《しきち》まではそう遠くないので、すぐに連絡《れんらく》は届くだろうが、それまで何の被害《ひがい》も出ないとは思えない。

「とにかく逃げよう。危ない」

「そうね、そうしましょう」

メルディがアマリリスの手を摑《つか》んで立ち上がる。

とにかくこの場を離れようと身体《からだ》の向きを変えた、その瞬間《しゅんかん》だった。

「やあ、お嬢さん」

「……!!」

真後ろに大柄の男が立っていた。

にやにやと不気味な笑みを浮かべ、メルディたちを見下ろしている。

その手には巨大《きょだい》な剣《けん》が握《にぎ》られている。

恐怖《きょうふ》で身体が震えた。

隣《となり》にいるアマリリスもまた、震えているのがわかった。

男はメルディとアマリリスを無遠慮《ぶえんりょ》に眺《なが》め回したあと、おもむろに顎《あご》をしゃくる。

「大人しくついてきてもらおうか」

どうやら捕《つか》まってしまうらしいと察したメルディは、アマリリスの手をぎゅっと握り締《し》めたのだった。


生徒会室の窓から学園の裏にある雑木林を眺めながら、ジェイクは眉間にしわを寄せる。

予定通りならば一年生は今頃《いまごろ》あそこで課外授業中だ。

そこにいるであろう少女の笑顔《えがお》が脳裏《のうり》に浮《う》かぶ。

(メルディ)

数日前、ベイルと二人きりで話している姿に腹が立って「もういい」と言ってしまった瞬間のことを思い出す。

なんであんなことをしたのか。

自分でもはっきりとした理由がわからずジェイクはとにかく苛立《いらだ》っていた。

てっきりもう近寄ってこないと思っていたのに、メルディは生徒会室にはちゃんとやってきて仕事をしていく。

何か言いたげな視線は感じたが、話しかけてくる様子はない。

(べつに、これまで通りにもどっただけだ)

メルディと一緒に過ごすのをやめたことで、ジェイクの日常は以前と同じになっていた。

完璧《かんぺき》で穏《おだ》やかな笑みを浮かべ、誰《だれ》に対しても平等で公平な態度。

それがジェイクがつくりあげたジェイクという人物像だ。

長い間、やってきたことなので今更違和感《いまさらいわかん》などはない。

無能な人間たちを使い円滑《えんかつ》に生きていけばそれでいいと、今でも思っている。

なのに。

(なんだろう。つまんないな)

驚《おどろ》くほどに世界から色が失《う》せていた。

メルディに出会う前も感じていた虚《むな》しさが、数倍になって押し寄せてくる。

『ジェイク様』

こちらを信頼《しんらい》しきった無邪気《むじゃき》な笑顔や、怯えて涙目になった顔、何かに悩《なや》むちょっと険しい顔のメルディばかりが思い浮かぶ。

小さな彼女が隣にいないだけでこんなにも静かになるなんて、想像もしなかった。

メルディに出会う前のことが思い出せない。

もういいと宣告したのはジェイク自身だ。

メルディはそれに逆らうことはしないだろう。

(でも彼女は、死にたくないだけなんだから)

ゲームという世界の中で、ジェイクはメルディを殺すことになっている。
メルディはそれをなんとか回避《かいひ》したいが故《ゆえ》にジェイクの傍《そば》にいたのだ。
目的が果たされたのならば、もう関《かか》わる必要はない。
「くそ」
当たり前のことなのにそう考えるとひどく腹立たしい。
ジェイクを利用しようと近づいてきた人間はこれまでだってたくさんいた。
そんな連中を逆に利用して、ジェイクは好きに生きてきた。
メルディとの日々だってそれと同じなはずなのに。
「ずいぶんと辛気《しんき》くさい顔をしているな。らしくもない」
今、一番聞きたくない人間の声が聞こえ、ジェイクは思い切り眉《まゆ》を吊《つ》り上げる。
「入室を許可した覚えはないんだが？」
わざとゆっくり振り返れば、勝手に部屋の中に入ってくるベイルと目が合う。
こちらを揶揄《からか》うような笑みがとにかく気に食わない。
ベイルとは同い年ということで幼い頃《ころ》から何かと一緒《いっしょ》にされる機会が多かった。
振《ふ》り返れば子どもの頃から気に食わない男だった。
いつも完璧であることを求められるジェイクとは違《ちが》い、ベイルはいつも気ままだった。
我が儘《まま》を言い時には怒《おこ》り泣いて笑って。それを周りも当然のように受け入れて。ジェイクに対してもまるで気の置けない関係のような態度を取ってくる。

他人に対して良くも悪くも感情を揺《ゆ》らすことがないジェイクにとって、唯一《ゆいいつ》ともいえる天敵のような存在だ。

学園に入学してからも何かと絡《から》んでくるため、隣国《りんごく》に留学させていたのになぜかもう帰ってきた。

そのうえ、メルディにまでちょっかいを出して。

「いったい何？」

「久しぶりだな、お前のそんな顔は」

何が楽しいのか、肩《かた》を揺らして笑うベイルに感情がざらつく。

「メルディ・フロトにずいぶんと影響《えいきょう》されたようだな」

「……は？」

なぜお前がメルディの名を口にするのだと睨《にら》み付ければ、ベイルがますます楽しげに笑った。

「ここ数年のお前は、何を考えているのかわからなくて気味が悪いばかりだったのに、今はずいぶんと人間らしくなったな」

「何がいいたいのさ。君から売られた喧嘩《けんか》を買うつもりはないよ」

「そのわりにはずいぶんと好戦的な顔だな」

「帰《あお》っても無駄《むだ》だ。悪いが機嫌《きげん》が悪いんだ、帰ってくれ」

これ以上ベイルと話していたら、何を口走ってしまうかわからない。

（メルディはなんでこんな男と）

あの日。メルディはなぜかベイルに頭を下げていた。

何かを頼《たの》み込む姿に感情が波立った。どうして自分ではなく、ベイルを頼《たよ》るのだと。

結局、メルディにとってジェイクは信頼できる存在ではないのだろう。そのことがなぜかとても嫌《いや》で。

「そう言うな。俺も多少責任を感じてるから、ここに来たんだ。あの日から、お前たちが一緒に過ごすのを見なくなったという声を聞いてな」

それが何を指しているのかは言われなくてもわかった。

メルディとジェイクが頻繁《ひんぱん》に一緒にいたことは学園の生徒なら誰でも知っている。

メルディの横にはジェイクが必ずいると周囲に認知《にんち》されるように仕向けたのは他《ほか》でもないジェイクだ。

当たり前になりつつあった光景がなくなったことで、騒《さわ》がれるのは当然のことだろう。

「だから何？」

「お前にしてはずいぶんと短絡的《たんらく》だなと思ってな。実際、今は忙《いそが》しいんだろうが……だとしてもやり方が悪すぎる」

「何が言いたいのさ」

神経を逆なでするような口調に苛立ちが募《つの》る。

「その様子だと本当に知らないんだな。本当にお前らしくもない」

「回りくどい言い方はやめろ」

「メルディ・フロトはお前に捨てられたことになってるぞ」

「……は？」

「お前は近々隣国の王女と婚約《こんやく》することが決まったともっぱらの噂《うわさ》だ。だからメルディは邪魔《じゃま》になったんだろう、とな」

なんだそれは、と言葉を失う。

たしかに隣国の王女との婚約が持ち上がったのは事実だ。

山向こうの小国で起きた騒動《そうどう》の影響で、両国は大きな影響を受けた。

共に手を取り合って問題解決に向かうためには、強い繫《つな》がりを持つのが得策だと。

だが、婚姻《こんいん》などという古くさいやり方で縁《えん》を繫いでも無意味だとジェイクは反対した。

たしかに結婚は最も手っ取り早い契約《けいやく》だが、人間は親子だって殺し合う生き物だ。

結婚したくらいで深く繫がれるなど信じがたい、と。

まだ一部の貴族はその案を強く押していたが、ジェイクとしては受け入れる気はない。

共に生きていく相手は、自分で選ぶと決めている。

「それを嬉々《きき》としてあいつに伝えた生徒がいたようだ。よほど、お前の横におさまったメルディが気に食わなかったんだろうな」

その光景が目に浮《う》かぶようだった。

メルディが入学してすぐの頃、ジェイクにつきまとっていた女生徒たちがメルディに親切心を装《よそお》った忠告をしたことがあった。

だからジェイクは彼女たちに二度とそんなことをしないように言い含《ふく》めておいたのに。

ジェイクが見放したとわかった途端《とたん》に行動に出た連中の浅はかさに、怒《いか》りがこみ上げる。

そんなことになるなら、もっと徹底《てってい》的に叩《たた》き潰《つぶ》しておけばよかった。

「ま、お前があの娘《こ》をいらないというのならば俺がもらってやってもいいんだが……戦わずに勝つのは性分《しょうぶん》に合わないから助言に来てやったぞ」

手が勝手に動いて、ベイルの胸《むな》ぐらを摑《つか》んでいた。

「誰が、誰をもらうって？」

自分でも驚くほど、恐《おそ》ろしい声が出ていた。

ベイルが口の端を吊り上げ、余裕《よゆう》めいた笑《え》みを浮かべるのが腹立たしい。

「怒るくらいなら、最初からもっと大事にしてやれ」

「……大事に、してたさ」

そう。大事にしていた。

傍に置くために周りだって牽制《けんせい》したし、あれこれと理由をつけて囲い込んで。

「でもあの子は僕よりもお前がいいらしい」

こみ上げる虚《むな》しさのままに、ベイルを摑んでいた手を離《はな》す。

あの日、ベイルに頭を下げていたメルディの姿を思い出すだけで息が苦しくなる。

どうして自分に言わないのか。

なぜ、自分だけを頼らないのか、と。

「お前、実は馬鹿《ばか》だったんだな」

そんなジェイクに追い打ちをかけるようにベイルが口を開いた。

「あの娘がなんと言って俺に頭を下げたのか聞いたのか？」

「そんなこと」

「お前の親友になってほしい、だとさ」

「………………は？」

たっぷり数秒間の間を置いたあとに出てきたのは、ひどく間抜《まぬ》けな声だった。

「お前に孤独《こどく》になって欲しくないそうだぞ」

「……何それ」

その場にしゃがみ込まなかったのは、これまで培《つちか》ってきたもののおかげだったと思う。

あとはベイルに弱っている姿を見せたくないという、意地だ。

「よほどお前が大事らしい。よくしつけたじゃないか」

言い返す気力すらなく、ジェイクはじろりとベイルを睨み付ける。

「どうせお前のことだから、メルディの言い訳も聞かずに切り捨てたんだろう」

さもその現場を見ていたような口調に片眉《かたまゆ》を上げれば、ベイルが鼻で笑った。

「お前の悪い癖《くせ》だ。いくら優秀《ゆうしゅう》でも、他人の感情まではわからないのさ」

「……うるさいな。助言に来たと言いながら、僕を貶《おとし》めに来たのか？」

「あの娘があまりにも必死だったから、誤解は解いておいてやろうと思っただけだ」

にやりと口元を吊《つ》り上げる笑みに苛立《いらだ》ちが募る。

どうしてお前がメルディのために動くのだと怒鳴《どな》りつけたくなった。

「もう一度言うが、お前がいらないなら、俺がもらうぞ」

「駄目《だめ》だよ」

あげるわけがない。

だってあれは、ジェイクのものだ。

ジェイクが見つけた、ジェイクだけの唯一の女の子。

「はっ。まあそういうだろうとは思っていたがな。敵に塩を送りすぎた」

「本気じゃないくせによく言うよ」

おどけるように肩をすくめるベイルを細目で見れば、なぜか声を上げて笑いはじめた。

「さっき言ったことをもう忘れたか？　他人の感情まではさすがのお前でもわからない、となな。俺は気が長いとだけ伝えておく」

「へぇ？」

やはりベイルのことは好きになれそうもない。

メルディはなんでこんな男と親友になれというのかさっぱりだ。

ゲームの主人公だというアマリリスという少女とも近づけようとしてきたり、奇妙《きみよう》な行動を取っていたのは、ジェイクを孤独にしないためだったなんて。

本当に飽《あ》きさせない。

自分以外の人間は信頼《しんらい》になど値《あたい》しない。都合良く利用するためだけに存在していると信じていたジェイクの価値観を、あっけなく壊《こわ》してくれた。

ジェイクの中でメルディという存在への気持ちがどんどん大きくなっていく。

「話は終わった？　僕、用事があるからそろそろ帰ってくれない？」

猫《ねこ》を追い払《はら》うように手のひらを振《ふ》れば、ベイルが鼻の頭にしわを寄せる。

「お前なぁ……まあ忙しいのは事実か。城に戻《もど》るのか」

「いや」

メルディを迎《むか》えに行こう。

何も告げずに迎えに行けば、どんな顔をするだろうか。

想像するだけでここ数日心に掛《か》かっていた霧《きり》が晴れていくように清々《すがすが》しい気分だった。

「そうか。まあどこに行くにしても気をつけろよ。最近は、例のクーデターの影響《えいきょう》で物騒な連中がこの近くまでうろついてるらしいからな」

「ご心配感謝するよ。じゃあ……」

別れの挨拶《あいさつ》を告げようとしたその時、生徒会室の扉《とびら》が勢いよく開いた。

転がるように駆《か》け込んできたのは、額に汗《あせ》を浮かべた若い騎士《きし》だった。

普段《ふだん》は学園の周囲を警護しているだけなのに、どうしてここまできたのか。

良くないことが起こったのだという予感に、緊張《きんちょう》が走る。

「何ごとだ」

「大変です殿下《でんか》。雑木林に盗賊《とうぞく》が現れました！」

「なんだと！　あそこはいま、一年生が課外授業を……」

「そうです。ほとんどの生徒は逃《に》げ帰ってきましたが、女生徒が人質《ひとじち》になっているようです。

……学園に金品を要求しています」

足元が崩《くず》れ落ちていくような恐怖《きょうふ》に襲《おそ》われる。

「人質になっている生徒の名前は」

硬直《こうちょく》したジェイクに代わり、ベイルが騎士に問いかける。騎士は胸元からぐしゃぐしゃになったメモを取り出すと、震《ふる》える声で一番聞きたくなかった名前を口にした。

「アマリリス・ライムとメルディ・フロトの二名です」

（まさかこのイベントまで繰《く》り上がるなんて聞いてないわよ）

雑木林の奥。学園が管理する物置小屋の一室で、アマリリスと共に縛《しば》られているメルディは、心の中で盛大なため息を零《こぼ》す。

アマリリスは恐怖と緊張から気を失ってしまいメルディの横で眠《ねむ》っている。

ここにメルディたちを連れてきた男たちは別室で何やら相談中だ。どうやらこの国の人間ではないらしく、メルディには理解できない言葉を喋《しゃべ》っている。

（この場合、イベントってどうなるんだろう）

何を隠《かく》そうアマリリスが誘拐《ゆうかい》される事件は『はとる。』本編に登場するれっきとしたメインイベントだ。

校外での課外授業の最中、アマリリスとその時一番好感度の高いキャラクターが盗賊に襲われ、監禁《かんきん》される。

二人で協力して脱出《だっしゅつ》し、盗賊たちが隠し持っている希少なアイテムを回収するのだ。

アイテムは悪魔《あくま》封《ふう》じの短剣《たんけん》。最終イベントでこの短剣をもっていないとたとえジェイクが黒幕だと暴《あば》いても悪魔を退治できず、バッドエンドになってしまう。

（でもあのイベントが起きるのは街中だったのよね。監禁場所も盗賊の根城だったし……）

さまざまなイベントが本来の形とは違《ちが》った形で発生しているのは、やはりジェイクが黒幕ではなくなったことが影響しているのだろうか。

ここに連れてきた時の様子を見るに、男たちの行動はかなり行き当たりばったりだ。

とりあえずこの小屋を占拠《せんきょ》したようにしか思えなかった。

（確か、ゲームでアマリリスを襲う盗賊たちは、ジェイク様が騒《さわ》ぎを起こすために集めて先導していた連中なのよね。だから組織的な活動をしていた）

だが、今のジェイクはそんな愚《おろ》かな真似《まね》はしない。

男たちは統率《とうそつ》された組織などでは無く、ただの盗賊同様ということになる。

貴族や商人から希少品を盗《ぬす》むような高度な犯罪に手を染めているとは思えないので、悪魔封じの短剣を得ている可能性も低いだろう。

（誘拐され損じゃないの！　もう！）

メルディとしてはいずれジェイクに相談して短剣を回収して貰《もら》うつもりだった。

短剣で悪魔召喚《しょうかん》の書を貫《つらぬ》けば、本は完全に破壊《はかい》されるのだ。

そうすれば、二度とジェイクはあの本を使わなくて済む。

アマリリスと共に捕《つか》まった時に、ほんの少しだけ期待したのに。

ここはやはり現実なのだと思い知らされる。

(ごめんねアマリリス、巻き込んで)

あの時、男に捕まったメルディをアマリリスは見捨てなかった。

自分も行くといって一緒《いっしょ》に捕まったのだ。

だが、途中《とちゅう》であまりの恐怖に気を失ってしまった。

ほんのりと涙《なみだ》の滲《にじ》んだ目元を拭《ぬぐ》ってあげたいのに両手を縛られていて何もできない。

窓の外に目を向ければまだ日はそれほど落ちていないのがわかる。

逃げられた生徒たちが学園にこの騒動《そうどう》を知らせてくれていれば、誰《だれ》かが助けに来てくれるだろう。

不幸中の幸いと言うべきか、メルディとアマリリスの他《ほか》に誘拐された生徒はいないようだった。

埃《ほこり》っぽい狭《せま》い部屋にかわいい女の子と二人きり。

乙女《おとめ》ゲームのシチュエーションとしてはばっちりだが、ときめく余裕《よゆう》などない。

(ジェイク様、大丈夫《だいじょうぶ》かな)

この騒動を知ったジェイクが、アマリリスを助けるためにあの本を開いてしまったら。

そんな最悪の想像が浮《う》かんでしまう。

これまで頑張《がんば》って回避《かいひ》してきたことが無に帰する恐怖がこみ上げてくる。

「ん……」

「アマリリス!」

悶々と思い悩んでいれば、メルディの肩にもたれていたアマリリスがうっすらと目を開けた。

　どこかぼんやりとした表情で周りを見回したあと、はっとする。

「メルディ！　大丈夫だよ。アマリリスこそ平気？」

「うん、大丈夫!?」

「ええ」

　周りに男たちがいないことに安心したのか、アマリリスがふうと胸を撫《な》で下ろす。

　そして縛られたお互《たが》いの腕《うで》に気が付き、悔《くや》しそうに唇《くちびる》を噛《か》みしめる。

「どうしてこんな……」

「あの人たち、いったい何が目的なのかな」

　ゲーム中のイベントでは街を散策中に盗賊たちの犯行を目撃《もくげき》してしまい、捕まるという流れだった。だが今回は盗賊たちの方から雑木林にやってきたのだ。

「たぶん、クーデターが起きた小国の人たちじゃないかしら。あの国の言葉を喋っていたように思う。辺境に流れ込んだ一部の人が、王都で騒ぎを起こしてるって噂《うわさ》を聞いたことがあるわ」

「よくわかったね」

素直《すなお》に感心して褒《ほ》め言葉を口にすれば、アマリリスが恥《は》ずかしそうに頬《ほお》を染めた。

「私、将来は語学を勉強したいの」

「へぇ」

状況《じょうきょう》も忘れ、メルディはアマリリスの夢に感心する。

やりたいことがあるというのは素晴《すば》らしいことだ。

「じゃあ、あの人たちが何を言っているのかわかるの？」

「少しだけ聞き取れたけど、身の代金《しろきん》がどうとか……」

「あー……」

わかりやすすぎる。

祖国を失って自棄《やけ》になる気持ちはわかるが、人を傷つけるなんておかしな話だ。

ゲームではそんな彼らをジェイクが集めたのだろう。

「きっと助けが来てくれるはずよ。学園には騎士がいるし」

「そうよね」

大丈夫に決まっていると頷《うなず》き合っていれば、部屋の外がやけに騒がしくなる。

メルディにはわからない言葉で罵《ののし》り合っているのが聞こえてきた。

「アマリリス、わかる？」

意味を教えてもらおうとアマリリスに顔を向ければ、彼女は真っ青になっていた。

「アマリリス？」

「逃げなきゃ」

「え？」

「あの人たち、身の代金を待たずに私たちを売った方が早いって言ってる。どうするかで揉《も》めてるわ」

「そんな……！」

相手は複数の男性だ。

本気になればメルディたちをどうにでもできるだろう。

「馬車で私たちを運び出すべきだって話になってる……どうしよう」

真っ青になって震《ふる》えるアマリリスを抱《だ》きしめてあげたいのに、縛られた手のせいでうまく動けない。いったいどうしたらいいのか。

(とにかくアマリリスだけでも逃《に》がさないと)

だが解決方法が思い浮かばず、メルディは奥歯を噛みしめた。

こんな時、ジェイクが傍《そば》にいてくれればあっという間に解決してくれるだろうに。

もう一緒に居られないのに、こんな時でさえジェイクのことを考えてしまっている自分に、少しだけ笑いたくなる。

「何か方法があればいいんだけど……」

役立つものがないかと部屋の中をぐるりと見回す。

普段《ふだん》は殆《ほとん》ど使われていないのだろう。所狭《ところせま》しと置かれた箱は埃が被《かぶ》っている。

土と草の匂《にお》いがするので、薬草などを保管しているのかもしれない。

すぐ近くにあった箱に肩を当て、強引《ごういん》に蓋《ふた》を開けてみればそこには真っ黒な果実が詰《つ》まっていた。その横には乾燥《かんそう》したキノコのようなものまである。

「うわ、何これ」

思わず声を上げれば、俯《うつむ》いていたアマリリスが顔を上げた。

そして箱の中身をのぞき込み、それから「ああ」と声を上げる。

「ジュリーの実だわ」

「それって……絵の具の材料の？」

「潰《つぶ》すと赤い汁《しる》が出てくるのよ。乾燥させれば赤い絵の具の材料になるの。この国にしかないんですって」

「へぇ、そうなんだ」

「採取して保管してあったのかも。隣《となり》のキノコはデルタケね。これも粉末にして水で溶《と》かせば絵の具になったはずよ。食べられないこともないけど凄《すご》く苦いんですって」

「ふうん……」

ジュリーの実の表面は、よく見れば黒ではなく濃《こ》すぎる赤なのに気が付いた。まるで乾《かわ》いた血のようだ。

不吉《ふきつ》な色味に顔をしかめていたメルディだったが、おかげである光景を思い出せた。

「……そうだ」

「メルディ？」

他には何もないが、メルディには一つだけ他の誰にも真似できないものがある。

「アマリリス、お願いがあるの」

「何？」

「今から私、死体になるから協力して!!」


「大変よ！　誰か来て!!」

アマリリスの悲鳴に男たちが駆《か》け込んでくる。

「何ごとだ」

メルディとアマリリスをこの小屋に連れてきた大柄《おおがら》の男が、ぶるぶると震えるアマリリスに気が付き近づいてきた。

「友達が！　友達が間違《まちが》って箱の中身を口にしてしまって」

「なんだと？　ここには食い物なんて……わぁ!!」

男たちが一斉《いっせい》に悲鳴を上げる。

それはそうだろう。

彼らがその視界に捉《とら》えたのは、真っ赤に染まったメルディの身体《からだ》だ。

箱の上に倒《たお》れ込み、完全に脱力《だつりょく》した姿はどこからどうみても完璧《かんぺき》な死体だった。

(死体役令嬢《れいじょう》の本気、見せてあげるわ)

ゲーム冒頭《ぼうとう》。惨殺《ざんさつ》死体として登場するメルディのスチルは何度も見てきたし、生まれ変わってからも何度も夢に見た。

全身血まみれでベッドに倒れ込んだ姿はインパクト抜群《ばつぐん》だった。

地味な顔立ちは逆に血糊《ちのりば》映えするらしく、あまりにも恐《おそ》ろしい仕上がりだったのだ。

今のメルディはあのスチルを参考に、ジュリーの実を潰して搾《しぼ》った汁を使い全身を血まみれに演出し、死体になりきっていた。

「な、なんだこれは……」

「この子、錯乱《さくらん》して、そのキノコを食べたんです。これは強力な毒なのに……もう助からないわ！」

アマリリスも迫真《はくしん》の演技だった。

涙《なみだ》を流しながら「止めたのに……メルディが死んじゃう！」と叫《さけ》んでいる。

「お、おい、どうする……？　まさか死ぬなんて」

「やばいぞ。あんなんだが貴族の娘《むすめ》だろう？」

ずいぶんな言われようだが、男たちの動揺《どうよう》を誘《さそ》うには充分だったようだ。

おろおろと仲間内で今後どうするべきかと必死に相談しているのが伝わってくる。

目を閉じているため、どんな表情をしているのかわからないが、確実に焦《あせ》っている。

「おねがい助けて……！」

「助けてってあれはどう見ても死んでるだろう」

「違うの！　わ、私も我慢《がまん》できなくて」

アマリリスの悲痛な叫びに男たちが引きつった悲鳴を上げた。

おそらくはこう思っているはずだ。

この娘もいずれ全身から血を吹《ふ》き出して死ぬ、と。

「おい、逃げるぞ。巻き込まれたらたまったもんじゃねぇ」

「お、おう。こんな騒動《そうどう》になるなんて聞いてないぞ」

「てめぇら！　裏切る気か!!」

男たちはこちらの予想通り仲間割れをはじめた。

メルディたちを人質《ひとじち》にしたり、売ったりという度胸はあっても、こんな凄惨《せいさん》な死体には慣れていないのだろう。

案の定、アマリリスとメルディを諦《あきら》めて逃げるべきだという声が大きくなる。

「くそう……おい、お前。解毒剤《げどくざい》はないのか」

「知らないわ……！　うっ……！」

迫真の演技でアマリリスが前のめりになった。そして口に仕込んでいたジュリーの実を噛《か》みしめ、血しぶきにも見える赤い汁を滴《したた》らせる。

「ち、畜生《ちくしょう》!!　逃げるぞ!!」

男たちが悲鳴をあげ、ドタバタと走り去っていく足音が聞こえた。

よほど慌《あわ》てているのか、何かを壊《こわ》したり落としたりしている音まで聞こえてくる。

誰《だれ》だって死にたくはない。

血まみれの死体を見たら、怖《こわ》くなるに決まっている。

（やったぁ！）

油断はできないのでアマリリスが合図をくれるまで動けないが、この様子なら作戦は成功間違いないだろう。

男たちが逃げ出したあとで、メルディたちは小屋を逃げ出し学園に帰ればいい。

誰も傷つかない最高の計画だ。

「ぎゃあああ!!」

「えっ!!」

だが次の瞬間《しゅんかん》、耳に届いたのはひどい悲鳴だった。

思わず自分が死体になりきっていることも忘れメルディが目を開けて起き上がれば、アマリリスがきゃあ！　とかわいい悲鳴を上げた。

「急に動くからびっくりした……」

「そんな死体が動いたんじゃないんだから」

「いや、メルディの演技が完璧すぎて……ちょっと怖かったんだからね」

涙目のアマリリスに恨《うら》みがましく睨《にら》まれ、メルディは笑いながら謝罪を口にする。

「ごめんごめん。でも、うまくいったよね」

「うん……でも、今の悲鳴って……」

聞こえてきた悲鳴は先ほど外に出た男たちのものだろう。

いったい何があったのか。

仲間割れでも起こして殺し合いでもしているのかと考え、血の気が引く。

「と、とりあえず外に出てみる？」

このままここで待っているのも手だが、もし本当に仲間割れが起きているのなら密室にいては危険だ。

幸いなことに先ほど男たちが落としていった物の中に、小さなナイフがありアマリリスと協力して腕《うで》の縄《なわ》を解くことに成功した。

手首が真っ赤になっていたが、命が助かったことにくらべれば安い物だろう。

二人で手を取り合いながら、息をころして部屋の外に出る。小屋の中は静まりかえっており、人気《ひとけ》はない。

さっきの悲鳴はどうやら外から聞こえたものらしい。

「いざとなったら私はまた死体になりきるから、アマリリスは走って逃《に》げるんだよ」

「大丈夫《だいじょうぶ》、よね」

「メルディったら……」

そんなことを言いながら出入り口に向かう。

わずかに開いた隙間《すきま》の先では、誰かが喋《しゃべ》っている声が聞こえた。まだ男たちの誰かが外にいるらしい。

「メルディ！」

(扉《とびら》を開けたら体当たりして少しでも時間を稼《かせ》がなきゃ)

決死の覚悟《かくご》を決め出入り口の扉に手をかけた瞬間、それが外側に勢いよく開いた。

差し込む光の中から、聞こえるはずのない声がした。

次いで、誰かがメルディの身体を思い切り抱《だ》きしめる。

身体に馴染《なじ》む体温と、懐《なつ》かしい匂《にお》いにそれが誰かすぐにわかった。

安堵《あんど》と喜びで、一気に涙腺《るいせん》が緩《ゆる》む。

「ジェイク様」

「ああ」

耳に馴染む声に、全身の力が抜《ぬ》ける。

助けに来てくれた。

ここまで来てくれた。

「う、うわぁぁん」

子どものような泣き声をあげしがみつけば、ジェイクの拘束《こうそく》がますます強くなった。

絞《しぼ》り出すような声に涙が止まらなくなる。

「よかった……よかった」

(ああ、私、ジェイク様が好きだ)

助けに来てくれたことで気が付いてしまった。

ここにジェイクがいることが何より嬉《うれ》しい。

抱きしめてくる腕の強さとか、ぬくもりとか、香《かお》りとか、全部がメルディの心を満たす。

隣国《りんごく》の王女との婚約《こんやく》話を聞かされたとき、ショックだったのは寂《さび》しさだけじゃない。

自分では気付かなかっただけで、ずっとジェイクに惹《ひ》かれていたのだ。

鈍感《どんかん》すぎる自分が情けなくなる。

ひどく遠回りした気分になりながら、メルディはジェイクに身体《からだ》を預けうっとりと目を閉じかけるが、その瞬間、はたとあることに気が付く。

これはなかなかにやばい状態なのではないだろうか、と。

今のメルディは赤い絵の具で全身真っ赤だ。

対するジェイクは真っ白な制服を着ている。

「汚《よご》れます！　ジェイク様、制服が一大事です……」

アマリリスから聞いたところによるとジュリーの実で作った絵の具は劣化《れっか》しにくく発色が美しい代わりに、なかなか取れないという話だ。

命よりは安いとメルディは制服を仕立て直すつもりだったが、ジェイクの制服までは責任が持てない。

だが、ジェイクは一切《いっさい》腕を緩める気配がない。

それどころかさらにきつく抱きしめてくるのでメルディはあわあわと両手をばたつかせるも、一向に解放される気配がない。

見た目以上にしっかりした胸板《むないた》のせいで、だんだん息が苦しくなる。

「ぐ、ぐるしい」

息苦しさに唸《うな》りながら身をよじれば、今度はすぐに腕の力が緩んだ。

肩《かた》を摑《つか》まれ引き離《はな》されると、ようやくジェイクの顔が見えた。

泣きそうに歪《ゆが》んだ表情は美しく、恋心《こいごころ》を自覚したばかりのメルディには刺激《しげき》が強すぎる。

「あの、ジェイク様、ちょっと離れて……ん？」

さっきまで潤《うる》んでいたジェイクの青い瞳《ひとみ》からだんだんと光が消えていくのがわかった。

目が据《す》わっているというか、メルディの全身を確認《かくにん》するように目が動いている。

刃物《はもの》を首筋に当てられているようなひやりとした殺気に、ごくりと生唾《なまつば》を飲み込む。

感動の再会のはずなのに、なぜか怖くなってきた。

「メルディ」

肩を離れた大きな手が、頬《ほお》や頭を確かめるように撫《な》でてくる。

そのあたたかさが心地《ここち》いいはずなのに、なぜだろう、身体がいろいろな意味で震《ふる》えてきた。

「誰《だれ》だ」

「えっ？」

「誰が君にこんなことをした？　あの中のどれだ。教えてくれ」

ジェイクがメルディから視線を逸《そ》らさず後方を指さす。

そこには先ほどメルディたちを捕《と》らえていた男たちが縄に縛《しば》られ地面に転がっていた。

よく見れば、複数の騎士《きし》たちが周りを取り囲んでいるし、ベイルまでいて腕組《うでぐ》みしてこちらを見ている。

アマリリスはすでに騎士の一人に保護されており、身体に毛布を巻かれて少し離れた場所に座り込んでいた。

メルディの視線に気が付くと、泣き笑いの表情で手を振《ふ》ってくれた。

「えっとぉ、誰って……」

「君に傷を付けたのは誰か、と聞いている。同じ……いや、産まれてきたことを後悔《こうかい》させてやるつもりだから、安心して」

「傷って……ああっ！」

ジェイクが何に怒《おこ》っているのかすぐにわかり、メルディは間抜けな声を上げる。まるで血の雨を浴びたように赤く染まった姿に、ジェイクはメルディが本当に怪我《けが》をしたと思っているのだ。

「ち、ちがうんです。これは、彼らを欺《あざむ》くための演技で、これは絵の具です」

「……絵の具？」

「はい！」

メルディは慌《あわ》てて小屋の中にあったジュリーの実を使って死体を演じたことを説明した。男たちは真っ黒なジュリーの実から赤い汁《しる》が出てくるなど知らなかったのだろう。だから、メルディたちの演技に騙《だま》されてくれたのだ、と。

「自分が死体になった時の絵を参考にしたんで、リアルな血しぶき具合だと思いません？」

自慢《じまん》げに胸を反らせば、ジェイクが盛大なため息を零《こぼ》した。

手のひらで顔を覆《おお》い、天を仰《あお》ぐ姿までわりと様になっているのがなんだか悔《くや》しい。

「君ねぇ……」

唸るような声に苦笑いを浮《う》かべれば、再び大きなため息が聞こえた。

「無事で良かった」

心の底から安心した声に、胸がじんわりと熱くなる。

いつも冷静で感情を乱さないジェイクが、絵の具を血と間違《まちが》えるなんて。

それほどまでにメルディの身を案じてくれたのだという事実に胸がいっぱいになる。

たとえ遊び相手だとしても、こんなに気にしてもらえるのならば充分《じゅうぶん》だ。

「他《ほか》に怪我はないようだね」

大きな手がメルディの頬を労《いたわ》るように撫でてくれた。

「だ、大丈夫《だいじょうぶ》ですよぉ」

なんだか恥《は》ずかしくなって目を伏《ふ》せ、両手をすりあわせていると、その手をおもむろにジェイクが掴んだ。

何ごとかとその視線の先を追えば、掴まれた手首に細い擦《す》り傷がいくつもできており、赤い血が滲《にじ》んでいるのが見えた。

縄《なわ》で手首を縛られている状態であれこれと工作したため、傷になってしまったのだろう。

「こ、これくらいすぐに治りますよ！」

自分でも気が付かなかったくらいの軽い怪我だと笑い飛ばそうとしたメルディだったが、ジェイクの顔は笑っていなかった。

おもむろに自分の上着を脱《ぬ》ぎメルディに被《かぶ》せると、すらりと腰《こし》の剣《けん》を鞘《さや》から引き抜いた。

白銀の剣身とジェイクというあまりにも美しい光景に息を呑《の》んだのも束《つか》の間、ジェイクが捕らえられている男たちに向かってまっすぐ歩き出したため、メルディは慌ててその背中にしがみついた。

「ジェイク様、だめです！　だめですって」

「大丈夫だよ。連中はどうせ牢獄《ろうごく》行きだ。手首から先がなくても問題ないって」

「あります！　ありますからぁ！」

周囲の騎士たちがジェイクの言動に驚《おどろ》きすぎて固まっているのが見えた。

止めてくださいとベイルに視線で訴《うった》えたが、無言で首を振られてしまう。

どんなに頑張《がんば》っても力の差でずるずると引きずられる形になってしまう。

このままではジェイクは本当にやる。

そう確信できた。

「だめ、だめジェイク様。誰かを傷つけちゃ嫌《いや》です!!」

必死に叫《さけ》べば、ジェイクの身体がピタリと動きを止める。

このチャンスを逃《のが》してなるものかと、メルディはジェイクの背中にかじり付くようにして言葉を続ける。

「ジェイク様の手を、血で汚して欲しくない」

「……メルディ」

「おねがい……」

ぎゅうっと全身を押しつけるように抱《だ》きつけば、ジェイクが再び大きなため息を吐《つ》いたのがわかった。

金属がこすれる音に目線を向ければ、剣身が鞘に納まっていくのが見えた。

「わかった。ほんと君には敵《かな》わないよね……いいよ、やめてあげる」

「!!」

嬉《うれ》しさにパッと顔をあげると、ジェイクがメルディの腕《うで》をそっと外しながらくるりと身体《からだ》の向きを変えてきた。

そして向かい合わせになり、するりとメルディの腰に腕を回し再び抱きしめてくる。

（……あれ？）

なんだか妙《みょう》に近い。

いや、再会してからずっと近かったので今更《いまさら》なのだが、もう抱きしめる必要はないのではないだろうか。

「ベイル。そいつらを連行して衛兵に引き渡《わた》してくれる？　ついでにそこの彼女も学園に連れて帰ってやってくれ」

突然《とつぜん》指名されたベイルは仕方がないとでも言いたげに肩をすくめた。

「お前に頼《たの》まれたんじゃ断れないな。わかったよ」

あっさりと頼まれごとを引き受けたベイルはテキパキと騎士たちに指示をはじめた。

そして自身はアマリリスを支えるようにして立ち上がらせると、気遣《きづか》わしげな声をかけながら馬に乗せてやっていた。

馬の手綱《たづな》を握《にぎ》り、彼女を気遣いながら歩き出す。

「あの、ジェイク様？　私たちも……」

「そうだね。一緒《いっしょ》に帰ろうか」

「へ？　きゃあ！」

まるで猫《ねこ》を抱きかかえるように、ジェイクがメルディの身体を軽々と持ち上げる。

腕の中にすっぽり収められたメルディは、顔を赤くしたり青くしたりしながら口をはくはくとさせた。

「あの、私、汚《よご》れてて……」

「平気だから気にしないで。あ、しっかり摑《つか》まってないと落とすよ？」

「ひ、ひぇぇぇ」

スタスタと歩き出したジェイクに振り落とされないようにするため、メルディは言われるがままにその首に腕を回してすがりつく。

何度下ろして欲しいと訴えても完全無視。

絶対に重いのにと涙声《なみだごえ》で訴えても「そう?」と軽くかわされてしまう。

そしてなんとメルディを抱いたままひらりと馬に乗ったのだ。

ベイルがしたように、メルディだけ馬にのせるという手段は許されないらしい。

「あ、あのぉ」

「話は帰ってから聞いてあげる。今喋《しゃべ》ると舌噛《したか》むよ?」

一分の隙《すき》もない笑顔《えがお》で反論も抵抗《ていこう》も封《ふう》じられ、メルディは情けない泣き声をあげることしかできなかった。


学園に戻《もど》るとそれはそれは大騒《おおさわ》ぎだった。

敷地《しきち》外とはいえ盗賊が侵入《しんにゅう》し生徒を襲《おそ》ったこともだが、ジェイクが先導した騎士《きし》たちが盗賊たちを一網打尽《いちもうだじん》にし、人質《ひとじち》になっていた女生徒たちを救出した出来事に全員が興奮していた。

そのうえ、ジェイクはメルディをしっかりと腕に抱《かか》えたままで。

一部の女生徒たちがその光景にふらりと立ちくらみを起こしたり気を失ったりしていた。

それは、ジェイクがメルディを抱き上げている光景に衝撃《しょうげき》を受けたのか、それともメルディが血まみれに見えるからなのか。

それともその両方なのか。

（私もいっそ気を失いたい）

己《おのれ》の頑丈《がんじょう》さを呪《のろ》いながら、メルディはジェイクの腕の中でなんとか小さくなろうと身を丸めていることしかできなかった。

てっきり学園に着いたらそのまま解放してもらえると思ったのに、ジェイクはメルディを医務室に運び診察《しんさつ》と治療《ちりょう》を受けている間も傍《そば》を離《はな》れなかった。

さすがに汚れた服を着替《きが》える間は部屋を出てもらったが、着替えたあとは再び抱きかかえられて生徒会室まで運ばれてしまった。

「あの、私、歩けるので……」

医者にも手首の擦り傷以外は問題ないと言われたのに、ジェイクはメルディを下ろす気配がない。

なぜか周囲も止める気配がなく、学園に着いた時に一回だけ目が合ったベイルには満面の笑みを向けられた。

メルディを抱くジェイクの腕は強引《ごういん》なのに、壊《こわ》れ物を扱《あつか》うような優《やさ》しさがあり、一体どんな感情で向き合えばいいのかわからなくなる。

心臓はずっと早鐘《はやがね》のように脈打ってるし、顔も熱いままだ。

誘拐《ゆうかい》された心配をされているだけだとわかっているのに、それ以上のものがあるのではと勘違《かんちが》いしたくなってしまう。

ジェイクが好きだと気が付いてしまった今ではこの距離《きょり》に気持ちが追いつかない。

連れてこられた生徒会室の中は誰《だれ》もおらず、ジェイクはなぜかメルディを抱えたままソファに腰を下ろした。

(さすがにまずいのでは?)

ここに来るまでは一応、誰かの目が常にあった。

メルディは盗賊《とうぞく》の人質になっていた身なので、ジェイクが保護している、くらいの認知《にんち》でいてくれたことだろう。

だが今の状況《じょうきょう》で、個室に二人の状態でこれは危ない。

ジェイクの様子はどこかおかしいし、これ以上優しくされたらさすがのメルディだって勘違いしてしまうし、うっかり好きだと口を滑《すべ》らせてしまうかもしれない。

「下ろしてください」

「だめ」

お願いしてみるが、ジェイクはしっかりとメルディを腕に抱いたまま動く気配がない。

メルディの肩《かた》に額をくっつけるように頭を乗せて動かなくなってしまったジェイクに、どうしたらいいのかと頭を抱えたくなった。

「……君が」

「え？」

「君が、捕《つか》まったと聞いて、僕がどんな気持ちだったかわかる？」

問いかけてくる声は、震《ふる》えているように聞こえた。

俯《うつむ》いている顔が、どんな表情をしているのかもわからない。

「どうして君はいつも僕の感情をかき乱すのさ。大人しく傍にいればいいのに、いつだって予想外のことばかりして。ベイルのことだってそうだ……僕に親友？　君は馬鹿《ばか》なの？」

「ご、ごめんなさい……」

どうやらベイルがジェイクに全部伝えてしまったことを察し、メルディは情けなく喘《あえ》ぐ。

余計なことをしたと怒《おこ》られる気配を察し身体を硬《かた》くしていれば、ジェイクからの拘束《こうそく》が再び強くなる。

「僕は親友なんかいらない。僕には……君だけいればいいのに。いっそ、このままずっと閉じ込めておこうか」

「え……？」

一瞬《いっしゅん》、何を言われたのかわからずメルディは大きく瞬《まばた》きをした。

何かとんでもないことを言われた気がする。

「それともいっそ、いまここで君を僕のものにしようか？　そしたら君は……」

身体を抱きしめていたジェイクの腕がわずかに緩《ゆる》む。

ようやく解放してもらえるのかと思ったが、今度は手のひらが背中に押し当てられた。そのままゆっくり這《は》い上がってきて、メルディの首筋を優しく撫《な》でる。

「っ……！」

長い指先が顔の輪郭《りんかく》を確かめるようにたどり、顎《あご》をすくい上げるように上向かせた。

いつの間にか顔をあげていたジェイクと目が合う。

まっすぐにメルディを見下ろす青い瞳《ひとみ》は、どこか妖《あや》しい光を宿していて、背中がぞくりと震えた。

「メルディ」

ゆっくりと顔が近づいてくる。

これから何をされるのか、わからないほど馬鹿ではない。

心臓がきゅうきゅうと音を立てる。

このまま流されてしまいたいという欲求に心がぐらつく。

「だ、だめ！」

理性を振《ふ》り絞《しぼ》り、ジェイクの口元を隠《かく》すようにメルディが手を突《つ》き出す。

動きを止めたジェイクが、悲しげに顔を歪《ゆが》めたのが見える。

「……僕を拒《こば》むの？」

「違います！　私の話も聞いてください！」

メルディは必死に声を上げた。

「ベイル様のことは謝ります……！　ジェイク様に黙《だま》って勝手なことをしました。ちゃんと説明すれば良かったのに……」

アマリリスのことだってそうだ。

下心を隠して、勝手に近づけるような真似《まね》をしたことは卑怯《ひきょう》だったと反省している。

「ジェイク様のことを信用していなかったわけじゃないんです。ただ、どうしてもあなたに孤独《こどく》なままでいて欲しくなかった。完璧《かんぺき》な王子様なんかじゃなくて、ちゃんと一人の人間なんだってみんなに知って欲しかったんです」

口にしながら、メルディは自分の視界が潤《うる》んでいくのを感じていた。

そう、メルディはみんなに教えたかったのだ。

本当のジェイクを知って欲しかった。

「……メルディ」

「勝手なことをして、ごめんなさい」

大きなため息が聞こえた。

「君って本当に……ああもう、馬鹿だな、泣かないでよ」

「うう……」

どうやら感極《きわ》まりすぎて涙《なみだ》があふれてしまったらしい。

ジェイクの指先が、目元の涙を拭《ぬぐ》ってくれた。

「僕もごめん。君がベイルを選んだのかって思ったら頭に血が上ってひどいことを言った」

そんなことないと首を振ることしかできない。

涙のせいで喉《のど》が詰《つ》まって声が出なかった。

「メルディ、僕はね、どうやら君がいないとだめになっちゃったみたいなんだ」

「……へ？」

「責任、とってくれるよね」

断定的な口調なのに、その表情は何かを希《ねが》うような切なげなものでメルディの心臓がきゅうっと音を立てて締《し》め付けられる。

「これからも僕の傍《そば》にいて。そしたら僕は、悪魔《あくま》だって殺せるから」

最後の一言は恐《おそ》ろしいほどに物騒《ぶっそう》だが、なぜかそれでもいいと思えてしまった。

返事の代わりに頷《うなず》けば、これまで見たことがないくらい綺麗《きれい》な笑顔《えがお》が向けられる。

再びジェイクの顔が近づいてきたので慌《あわ》てて目を閉じれば、小さく笑う気配がして顔が熱くなった。

「メルディ、好きだよ」

「ん……」

やわらかな唇《くちびる》が重なる感触《かんしょく》に小さな声が漏《も》れる。

唇だけではなく、何もかもを食べられているようなキスだった。

ジェイクの服を必死に掴《つか》んでわずかにその身体《からだ》を引き離《はな》そうとするが、そうするとますますキスが深くなって、呼吸すらままならなくなった。

頭の芯《しん》が痺《しび》れるくらい、ジェイクへの恋情《れんじょう》が溢《あふ》れてとまらなくなる。

ようやく解放された時にはメルディはまともに喋《しゃべ》ることができなくて、ぐったりとジェイクの胸にもたれるように倒《たお》れ込んだ。

大きな手が優《やさ》しく頭を撫でてくれる。

「これからは、ずっと一緒《いっしょ》だよ」

うっとりとした呟《つぶや》きを聞きながら、メルディは小さく、だがしっかりと頷いたのだった。

エピローグ

「なんで！　私が！　殿下《でんか》の婚約者《こんやくしゃ》になってるんですかぁ！」

叫《さけ》びながら生徒会室に飛び込めば、いつものように完璧な笑みを浮《う》かべたジェイクがソファで優雅《ゆうが》にお茶を飲んでいた。

「なんでって、約束したじゃない？」

さらりと告げられた言葉に、メルディは気を失いかける。

盗賊たちがメルディとアマリリスを誘拐《ゆうかい》した騒動から一ヶ月が過ぎた。

やはりというかなんというか、貴族の子どもたちが狙《ねら》われた事件はかなりの大問題になって、これまで以上に強固な対策が採られることが決まったそうだ。

婚約話に関しては、完全に立ち消えとなった。

なんでも王女様には以前から恋仲《こいなか》だった騎士《きし》がいることが判明し、ジェイクとは結婚できないと言い出したのだとか。

あまりにもいいタイミングで判明した事実に、何か薄《うす》ら寒いものを感じるが、きっと偶《ぐう》然《ぜん》だと信じたい。

ジェイクは後処理に忙《いそが》しくしていたが、まめに手紙をくれていたので寂《さび》しくはなかった。これが落ち着けば、これまで通り生徒会室で会えると信じていたから。

なのに。

「お傍にいるとは約束しましたけど、なんで婚約者！」

普段《ふだん》は滅多《めった》に連絡《れんらく》を寄越《よこ》さない父親から届いた手紙を開いてみれば、動揺《どうよう》からか震《ふる》えまくった文字で「ジェイク王子の婚約者になったよ」という一文が書かれていた。

相談も猶予《ゆうよ》もない完全なる決定事項《じこう》として告げられた事実に蒼白《そうはく》になったメルディは、手紙を握《にぎ》りしめジェイクのもとに押しかけたのだ。

「どうして！」

涙目で詰め寄ってみるものの、ジェイクはにこにこと笑うばかりで何も言わない。

その笑顔に薄ら寒いものを感じ、メルディは咄嗟《とっさ》に身を引くがそれより先に腕《うで》を掴まれ、ジェイクの膝《ひざ》の上に抱《だ》き込まれてしまう。

「普通《ふつう》、王子の婚約者ってもっと喜ばれる肩書《かたが》きだと思うんだけど。僕、君に好きだって言ったよね？」

確かに好きだと言われたが、それは遊び相手としてではなかったのか。

「……それはだって……」

「だって？　僕の気持ちを疑うの？　悲しいなぁ」

「いや、そうじゃなくて……私じゃ殿下の婚約者には相応《ふさわ》しくないです」

思わずこぼれた本音は、ずいぶん弱々しい声になってしまった。

ジェイクが珍《めずら》しく虚《きょ》を衝《つ》かれたような顔をして、大きく瞬《まばた》いたのがわかった。

「傍にいられるのは嬉《うれ》しいですけど、さすがに不釣《ふつ》り合いです」

ちょっとだけ震えてしまった声に情けなくなりながらメルディは視線を落とす。

ジェイクの顔を見ていられない。

「そんなことぐらいで僕が好きな子を諦《あきら》める男だと思ったの？」

「ええ？」

くるりと世界が反転した。

メルディはふわふわとしたソファの感触を背中に感じながら、真上に現れた怖《こわ》いほどに整ったジェイクの顔を見つめる。

「僕、君がいない人生は考えられないんだよね。だから、ずうっと傍にいてもらうにはどうすればいいかなって考えたら、婚約が一番手っ取り早いって気が付いたんだよね。正式に婚約したらあの本は燃やすつもりだから安心して」

甘い告白のように聞こえるが、恐ろしい脅迫《きょうはく》にしか思えない言葉。

聞き間違《まちが》いではないかと、何度も瞬いているとジェイクの顔がどんどん近づいてくる。

「一生大事にしてあげる。死が二人を分かつまで、一緒にいようね」

唇に重なるやわらかな感触に、メルディは限界まで目を見開く。

「ね?」

とどめのように囁《ささや》き込まれる声は、どこか切実さを孕《はら》んだ甘くねだるような音色で、胸がきゅうっとしめつけられる。

「〜〜〜っ、ずるい」

「ふふ」

きっとジェイクはメルディの本心などお見通しなのだ。

困っているのは本当だけど、嬉しくてたまらない。

この怖くてずるくてかっこいい黒幕王子に、メルディは一生勝てないに違いない。

「好きだよ、メルディ」

私も、と答える代わりにそっと目を閉じながら、メルディはジェイクの首に手を回したのだった。

あとがき

こんにちは。マチバリと申します。

今回は『死体役令嬢《れいじょう》に転生したら黒幕王子に執着《しゅうちゃく》されちゃいました』をお手に取っていただきありがとうございます。

角川ビーンズ文庫さんでは二冊目の作品となります。一冊目は私にとってのデビュー作でしたので、こうやってまた本を出させていただくのは感慨《かんがい》深いものがあります。

こちらの『死体役令嬢』はムーンライトノベルズに投稿《とうこう》させていただいた短編が元になった物語です。とある役者さんがインタビューで「最初はサスペンスドラマの冒頭《ぼうとう》で殺される死体役ばかりだった」と語っていたところから着想を得ました。確かにサスペンスやホラー作品では冒頭に誰《だれ》か死ぬのがお約束だな、と。ではそのキャラに転生してしまった女の子を主人公にしよう。相手役はその子を殺すキャラだ！　と連想ゲームのように設定を考え、書き上げたものになります。まさか書籍《しょせき》化のお声がけをいただけるとは思わず、縁《えん》とは不思議なものだなぁと思っております。

タイトルはわりと物騒《ぶっそう》ですが内容は至って普《ふ》通《つう》のラブコメとなっております。死体になりたくないメルディと、本来ならば彼女を殺す役どころである黒幕ジェイクという、かみ合っているようでかみ合っていない組み合わせ。メルディはわりと始終空回り気味なのですが、根っこが真っ直《す》ぐな女の子だったので楽しく動いてくれました。今作のヒーローであるジェイクは、表向きは誰もが憧《あこが》れる品行方正で上品な王子様というキャラクターかつ、金髪碧眼《きんぱつへきがん》さわやか好青年系という外見も私の作品では珍《めずら》しい属性だったので書いていてなかなかに新鮮《しんせん》でした。

二人をとっても素敵《すてき》に描《か》いてくださった迂回《うかい》チル先生、本当にありがとうございます。キャラデザで大騒《おおさわ》ぎし、カバーイラストでも大騒ぎさせていただきました。ジェイクの悪《わる》巧《だく》み顔、素敵です。個人的にはベイルのデザインが完璧《かんぺき》すぎて最高でした。

最後になりましたが、作品に声をかけてくださった担当さん、そして読者の皆《みな》さま、本当にありがとうございました。

またどこかでお会いできますように。

マチバリ

「死体役令嬢に転生したら黒幕王子に執着されちゃいました」の感想をお寄せください。
おたよりのあて先
〒102-8177 東京都千代田区富士見2-13-3
株式会社KADOKAWA 角川ビーンズ文庫編集部気付
「マチバリ」先生・「迂回チル」先生
また、編集部へのご意見ご希望は、同じ住所で「ビーンズ文庫編集部」
までお寄せください。

死体役令嬢《したいやくれいじょう》に転生《てんせい》したら 黒幕王子《くろまくおうじ》に執着《しゅうちゃく》されちゃいました

マチバリ

角川ビーンズ文庫 24126

令和6年4月1日 初版発行

発行者———山下直久
発　行———株式会社KADOKAWA
〒102-8177 東京都千代田区富士見2-13-3
電話 0570-002-301（ナビダイヤル）
印刷所———株式会社暁印刷
製本所———本間製本株式会社
装幀者———micro fish

ISBN978-4-04-114784-9 C0193 定価はカバーに表示してあります。 ◇◇◇